贾平凹文选

散文卷

丑石

26

贾平凹／著　作家出版社

目 录

丑 石

红　狐

小石头记 ………………………………… 169

序　　　　　毛泽东像　　　　太阳

老树春深更著花　红碧玉　　　脑响石

母爱　　　　　小孩　　　　　幼年

巨型恐龙蛋　　三叶虫化石　　鹦头贝化石

珊瑚化石　　　链珊瑚化石　　海百合化石

纳玛象下颚臼齿化石　　　　　乳齿象牙化石

猴子　　　　　猿人　　　　　熊

狗熊　　　　　仙鹤　　　　　白松鼠

洛翠　　　　　佳人　　　　　仕女

◇

史湘云	歌舞俑	达摩面壁
太白醉酒	并蒂莲	海百合
金葵花	月季花	腊梅
葫芦	紫晶菠萝	震旦角石
纹理石	印花布石	风砺石
冰花石	蛇绿石	塔石
灵璧石	燕子石	菊花石
太湖石	葡萄状钟乳石	五彩石
七彩石	南极石	战马
悬剑	海龟	红毛龟
无盾龟	龟背石	鳖晒盖
观鱼乐	虎回首	猛虎下山
飞	飞雁	北极熊
熊猫	红熊	风中牛
母鸡	卧鸡	信鸽
袖狗	山羊	蜗牛
刺猬	水晶鱼	晶中晶
水胆水晶	蓝刚玉单晶体	电气石单晶体
宝塔型方解石连晶体		萤石连晶体
铜胆矾集晶体	紫晶晶洞	熊猫灵璧石
石燕	石花	石斧
石鞋	秋色	黄梅透雪香
布老虎	卧着的刺猬	迭层山
悟空压在五指山	珍珠山	星石

丑 石

丑　石

　　我常常遗憾我家门前的那块丑石呢：它黑黝黝地卧在那里，牛似的模样；谁也不知道是什么时候留在这里的，谁也不去理会它。只是麦收时节，门前摊了麦子，奶奶总是要说：这块丑石，多碍地面哟，多时把它搬走吧。

　　于是，伯父家盖房，想以它垒山墙，但苦于它极不规则，没棱角儿，也没平面儿；用錾破开吧，又懒得花那么大气力，因为河滩并不甚远，随便去捐一块回来，哪一块也比它强。房盖起来，压铺台阶，伯父也没有看上它。有一年，来了一个石匠，为我家洗一台石磨，奶奶又说：用这块丑石吧，省得从远处搬动。石匠看了看，摇着头，嫌它石质太细，也不采用。

　　它不像汉白玉那样的细腻，可以凿下刻字雕花；也不像大青石那样的光滑，可以供来浣纱捶布。它静静地卧在那里，院边的槐荫没有庇覆它，花儿也不再在它身边生长。荒草便繁衍出来，枝蔓上下，慢慢地，竟锈上了绿苔、黑斑。我们这些做孩子的，也讨厌起它来，曾合伙要搬它走，但力气又不足；虽时时咒骂它、嫌弃它，也无可奈何，只好任它留在那里去了。

　　稍稍能安慰我们的，是在那石上有一个不大不小的坑凹儿，雨天就盛满了水。常常雨过三天了，地上已经干燥，那石凹里水儿还有，鸡儿便去那里喝饮。每每到了十五的夜晚，我们盼那满月出来，就爬到其上，翘望天边；奶奶总是要骂的，害怕我们摔下来。果然那一次就摔了下来，磕破了我的膝盖呢。

　　人都骂它是丑石，它真是丑得不能再丑的丑石了。

终有一日，村子里来了一个天文学家。他在我家门前路过，突然发现了这块石头，眼光立即就拉直了。他再没有走去，就住了下来；以后又来了好些人，说这是一块陨石，从天上落下来已有二三百年了，是一件了不起的东西。不久便来了车，小心翼翼地将它运走了。

这使我们都很惊奇！这又怪又丑的石头，原来是天上的呢！它补过天，在天上发过热、闪过光，我们的先祖或许仰望过它，它给了他们光明、向往、憧憬；而它落下来了，在污土里、荒草里，一躺就是几百年了?！

奶奶说："真看不出！它那么不一般，却怎么连墙也垒不成，台阶也垒不成呢？"

"它是太丑了。"天文学家说。

"真的，是太丑了。"

"可这正是它的美！"天文学家说，"它是以丑为美的。"

"以丑为美？"

"是的，丑到极处，便是美到极处。正因为它不是一般的顽石，当然不能去做墙、做台阶，不能去雕刻、捶布。它不是做这些小玩意儿的，所以常常就遭到一般世俗的讥讽。"

奶奶脸红了，我也脸红了。

我感到自己的可耻，也感到了丑石的伟大；我甚至怨恨它这么多年竟会默默地忍受着这一切？而我又立即深沉地感到它那种不屈于误解、寂寞的生存的伟大。

一九八〇年

月　迹

　　我们这些孩子，什么都觉得新鲜，常常又什么都不觉满足；中秋的夜里，我们在院子里盼着月亮，好久却不见出来，便坐回中堂里，放了竹窗帘儿闷着，缠奶奶说故事。奶奶是会说故事的，说了一个，还要再说一个……奶奶突然说："月亮进来了！"我们看时，那竹窗帘儿里，果然有了月亮，款款地，悄没声儿地溜进来，出现在窗前的穿衣镜上了：原来月亮是长了腿的，爬着那竹帘格儿，先是一个白道儿，再是半圆，渐渐地爬得高了，穿衣镜上的圆便满盈了。我们都高兴起来，又都屏气儿不出，生怕那是个尘影儿变的，会一口气吹跑呢。月亮还在竹帘儿上爬，那满圆却慢慢儿又亏了，缺了；末了，便全没了踪迹，只留下一个空镜，一个失望。奶奶说："它走了，它是匆匆的；你们快出去寻月吧。"

　　我们就都跑出门去，它果然就在院子里，但再也不是那么一个满满的圆了，尽院子的白光，是玉玉的，银银的，灯光也没有这般儿亮的。院子的中央处，是那棵粗粗的桂树，疏疏的枝，疏疏的叶，桂花还没有开，却有了累累的骨朵儿了。我们都走近去，不知道那个满圆儿去哪儿了，却疑心这骨朵儿是繁星儿变的；抬头看着天空，星儿似乎就比平日少了许多。月亮正在头顶，明显大多了，也圆多了，清清晰晰看见里边有了什么东西。

　　"奶奶，那月上是什么呢？"我问。

　　"是树，孩子。"奶奶说。

　　"什么树呢？"

"桂树。"

我们都面面相觑了，倏忽间，哪儿好像有了一种气息，就在我们身后袅袅，到了头发梢儿上，添了一种淡淡的痒痒的感觉；似乎我们已在了月里，那月桂分明就是我们身后的这一棵了。

奶奶瞧着我们，就笑了：

"傻孩子，那里边已经有人了呢。"

"谁？"我们都吃惊了。

"嫦娥。"奶奶说。

"嫦娥是谁？"

"一个女子。"

哦，一个女子。我想。月亮里，地该是银铺的，墙该是玉砌的：那么好个地方，配住的一定是十分漂亮的女子了。"有三妹漂亮吗？""和三妹一样漂亮的。"三妹就乐了："啊啊，月亮是属于我的了！"三妹是我们中最漂亮的，我们都羡慕起来：看着她的狂样儿，心里却有了一股儿的嫉妒。我们便争执了起来，每个人都说月亮是属于自己的。奶奶从屋里端了一壶甜酒出来，给我们每人倒了一小杯儿，说：

"孩子们，你们瞧瞧你们的酒杯，你们都有一个月亮哩！"

我们都看着那杯酒，果真里边就浮起一个小小的月亮的满圆。捧着，一动不动的，手刚一动，它便酥酥地颤，使人可怜儿的样子。大家都喝下肚去，月亮就在每一个人的心里了。

奶奶说：

"月亮是每个人的，它并没有走，你们再去找吧。"

我们越发觉得奇了，便在院里找起来。妙极了，它真没有走去，我们很快就在葡萄叶儿上，瓷花盆儿上，爷爷的锨刃儿上发现了。我们来了兴趣，竟寻出了院门。

院门外，便是一条小河。河水细细的，却漫着一大片的净沙；全没白日那么的粗糙，灿灿地闪着银光，柔柔和和得像水面了。我们从沙滩上跑过去，弟弟刚站到河的上湾，就大呼小叫了：

"月亮在这儿！"

妹妹几乎同时在下湾喊道：

"月亮在这儿！"

我两处去看了，两处的水里都有月亮，沿着河沿跑，而且哪一处的水里都有月亮了。我们都看起天上，我突然又在弟弟妹妹的眼睛里看见了小小的月亮。我想，我的眼睛里也一定是会有的。噢，月亮竟是这么多的：只要你愿意，它就有了哩。

我们就坐在沙滩上，掬着沙儿，瞧那光辉，我说：

"你们说，月亮是个什么呢？"

"月亮是我所要的。"弟弟说。

"月亮是个好。"妹妹说。

我同意他们的话，正像奶奶说的那样：它是属于我们的，每个人的。我们就又仰起头来看那天上的月亮，月亮白光光的，在天空上。我突然觉得，我们有了月亮，那无边无际的天空也是我们的了：那月亮不是我们按在天空上的印章吗？

大家都觉得满足了，身子也来了困意，就坐在沙滩上，相依相偎地甜甜地睡了一会儿。

一棵小桃树

　　我常常想要给我的小桃树写点文章，但却终没有写就一个字来。是我太爱怜它吗？是我爱怜得无所谓了吗？我也不知道是什么怪缘故儿，只是常常自个儿忏悔，自个儿安慰，说：我是该给它写点什么了呢。

　　今天的黄昏，雨下得这般儿的大，使我也有些吃惊了。早晨起来，就淅淅沥沥的，我还高兴地说：春雨贵如油，今年来得这么早！一边让雨湿着我的头发，一边吟些杜甫的"随风潜入夜，润物细无声"，甚至想去田野悠悠地踏青呢。那雨却下得大了，全不是春的温柔，一直下了一个整天。我深深闭了柴门，临窗坐下，看我的小桃树儿在风雨里哆嗦。纤纤的生灵儿，枝条已经慌乱，桃花一片一片地落了，大半陷在泥里，三点两点地在黄水里打着旋儿。啊，它已经老了许多呢，瘦了许多呢，昨日楚楚的容颜全然褪尽了。可怜它年纪儿太小了，可怜它才开了第一次花儿！我再也不忍看了，我千般儿万般儿地无奈何。唉，往日多么傲慢的我，多么矜持的我，原来也是个屣头儿。

　　好多年前的秋天了，我们还是孩子。奶奶从集市上回来，带给了我们一人一颗桃子，她说：都吃下去吧，这是一颗"仙桃"；含着桃核儿做一个梦，谁梦见桃花开了，就会幸福一生呢。我们都认真起来，全含了桃核儿爬上床去。我却无论如何不能安睡，想这甜甜的梦是做不成了，又不肯甘心不做，就爬起来，将桃核儿埋在院子角落的土里，想让它在那蓄着我的梦。

　　秋天过去了，又过了一个冬天，孩子自有孩子的快活，我竟将它忘却了。一个春天的早晨，奶奶打扫院子，突然发现角落的地方，拱出一个嫩绿儿，便叫道：这是什么呀？我才恍然记起了是它：它竟从土里长出来了！它长得很委屈，是弯了头，紧抱着身子的。第二天才舒开身来，瘦瘦儿的，黄黄儿的，似乎一碰，便立即会断了去。大家都笑话它，奶奶也说：这种桃树儿是没出息的，多好的种子，长出来，却都是野的，结些毛果子，须得嫁接才成。我却不大相信，执着地偏要它将来开花结果哩。

因为它长得太不是地方，谁也不再理会，惹人费神的倒是那些盆景儿了。爷爷是喜欢服侍花的，在我们的屋里、院里、门道里，摆满了各种各样的花草。春天花事一盛，远近的人都来赞赏，爷爷便每天一早喊我们从屋里一盆一盆端出来，一晚又一盆一盆端进去；却从来不想到我的小桃树。它却默默地长上来了。

它长得很慢，一个春天，才长上二尺来高，样子也极委琐。但我却十分地高兴了：它是我的，它是我的梦种儿长的。我想我的姐姐弟弟，他们那含着桃核儿做下的梦，或许已经早忘却了，但我的桃树却使我每天能看见它。我说，我的梦儿是绿色的，将来开了花，我会幸福呢。

也就在这年里，我到城里上学去了。走出了山，来到城里，我才知道我的渺小：山外的天地这般儿大，城里的好景这般儿多。我从此也有了血气方刚的魂魄，学习呀，奋斗呀，一毕业就走上了社会，要轰轰烈烈地干一番我的事业了；那家乡的土院，那土院里的小桃树儿便再没有去思想了。

但是，我慢慢发现我的幼稚、我的天真了，人世原来有人世的大书，我却连第一行文字还读不懂呢。我渐渐地大了，脾性儿也一天一天地坏了，常常一个人坐着发呆，心境似乎是垂垂暮老了。这时候，奶奶也去世了，真是祸不单行。我连夜从城里回到老家去，家里人等我不及，奶奶已经下葬了。看着满屋的混乱，想着奶奶往日的容颜，不觉眼泪流了下来，对着灵堂哭了一场。天黑的时候，在窗下坐着，一抬头，却看见我的小桃树了：它竟然还在长着，弯弯的身子，努力撑着的枝条，已经有院墙高了。这些年来，它是怎么长上来的呢？爷爷的花事早不弄了，一垒一垒的花盆堆在墙根，它却长着！弟弟说：那桃树被猪拱折过一次，要不早就开了花了。他们曾嫌长的不是地方，又不好看，想砍掉它，奶奶却不同意，常常护着给它浇水。啊，小桃树儿，我怎么将你遗在这里，而身漂异乡，又漠漠忘却了呢？看着桃树，想起没能再见一面的奶奶，我深深懊丧对不起我的奶奶，对不起我的小桃树了。

如今，它开了花了，虽然长得弱小，骨朵儿也不见繁，一夜之间，花竟全开了呢。我曾去看过终南山下的夹竹桃花，也去领略过马嵬坡前的水蜜桃花，那花儿开得火灼灼的，可我的小桃树儿，一颗"仙桃"的种子，却开得太白了、太淡了，那瓣片儿单薄得似纸做的，没有肉的感觉，没有粉的感觉，像是患了重病的少女，苍白白的脸儿，又偏苦涩涩地笑着。我忍不住几分忧伤，泪珠儿又要下来了。

花幸好并没有立即谢去，就那么一树，孤孤地开在墙角。我每每看着它，却发现从未有一只蜜蜂去恋过它，一只蝴蝶去飞过它。可怜的小桃树儿！

我不禁有些颤抖了：这花儿莫不就是我当年要做的梦的精灵儿吗？！

雨却这么大地下着，花瓣儿纷纷零落去。我只说有了这场春雨，花儿会开得更艳，香味会蓄得更浓，谁知它却这么命薄，受不得这么大的福分，受不得这么多的洗礼，片片付给风了、雨了！我心里喊着我的奶奶。

雨还在下着，我的小桃树千百次地俯下身去，又千百次地挣扎起来，一树的桃花，一片，一片，湿得深重，像一只天鹅，眼睁睁地羽毛剥脱，变得赤裸的了，黑枯的了。然而，就在那俯地的刹那，我突然看见那树儿的顶端，高高的一枝儿上，竟还保留着一个欲绽的花苞，嫩黄的，嫩红的，在风中摇着，抖着满身的雨水，几次要掉下来了，但却没有掉下去，像风浪里航道上的指示灯，闪着时隐时现的嫩黄的光，嫩红的光。

我心里稍稍有些了安慰。啊，小桃树啊！我该怎么感激你，你到底还有一朵花呢，明日一早，你会开吗？你开的是灼灼的吗？香香的吗？我亲爱的，你那花是会开得美的，而且会孕出一个桃儿来的；我还叫你是我的梦的精灵儿，对吗？

一九八一年三月十四日

冬　景

　　早晨起来，匆匆到河边去。一个人也没有，那些成了固定歇身的石凳儿，空落着，连烫烟锅磕烟留下的残热也不曾存，手一摸，冷得像烙铁一样地生疼。

　　有人从河堤上走来，手一直捂着耳朵，四周的白光刺着眼睛，眯眯地睁不开。天把石头当真冻硬了，瞅着一个小石块踢一脚，石块没有远去，脚被弹了回来，痛得"哎哟"一声，俯下身去。

　　堤下的渡口，小船儿依然系在柳树上，却不再悠悠晃动，横了身子，被冻固在河里。船夫没有出舱，弄他的箫管吹着，若续若断，似乎不时就被冻滞了。或者嘴唇不再软和，不能再吹下去，在船下的冰上燃一堆柴火。烟长上来，细而端。什么时候，火堆不见了，冰面上出现一个黑色的窟窿，水咕嘟嘟冒上来。

　　一只狗，白茸茸的毛团儿，从冰层上跑过对岸，又跑过来，它在冰面上不再是白的，是灰黄的。后来就站在河边被砸开了的一块冰前，冰里封冻了一条小鱼，一个生命的标本。狗便惊奇得汪汪大叫。

　　田野的小路上，驶过来一辆拉车。套辕的是头毛驴，样子很调皮，公羊般大的身子，耳朵上、身肚上长长的一层毛。主人坐在车上，脖子深深地缩在衣领里，不动也不响，一任毛驴跑着。落着厚霜的路上，驴蹄叩着，干而脆地响，鼻孔里喷出的热气，向后飘去，立即化成水珠，亮晶晶地挂在长毛上。

有拾粪的人在路上踽踽地走，用铲子捡驴粪，驴粪却冻住了。他立在那里，无声地笑笑，做出长久的沉默。有人在沙地里扫树叶，一个沙窝一堆叶子，全都涂着霜，很容易抓起来。扫叶人手已经僵硬，偶尔被树枝碰了，就伸着手指在嘴边，笑不出来，哭不出来，一副不能言传的表情，原地吸溜打转儿。

最安静的，是天上的一朵云，和云下的那棵老树。

吃过早饭，雪又下起来了。没有风，雪落得很轻，很匀，很自由。在地上也不消融，虚虚地积起来，什么都掩盖了本质，连现象都模糊了。天和地之间，已经没有了空间。

只有村口的井，没有被埋住，远远看见往上喷着蒸汽。小媳妇们都喜欢来井边洗萝卜，手泡在水里，不忍提出来。

这家老婆婆，穿得臃臃肿肿，手背上也戴了蹄形手套，在炕上摇纺车。猫儿不再去恋爱了，蜷在身边，头尾相接，赶也赶不走。孩子们却醒得早，趴在玻璃窗上往外看。玻璃上一层水汽，擦开一块，看见院里的电线，差不多指头粗了：

"奶奶，电线肿了。""那是落了雪。"奶奶说。"那你在纺雪吗，线穗子也肿了。"他们就跑到屋外去，张着嘴，让雪花落进去，但那雪还未到嘴里，就总是化了。他们不怕冷，尤其是那两颗眼睛。互相抓着雪，丢在脖子里，大呼大叫。

一声枪响，四野一个重重的惊悸，阴崖上的冰锥震掉了几个，哗啦啦地在沟底碎了，一只金黄色的狐狸倒在雪地里，殷红的血溅出一个扇形。冬天的狐皮毛质最好，正是村里年轻人捕猎的时候。

麦苗在厚厚的雪下，叶子没有长大来，也没有死了去，根须随着地气往下掘进。几个老态龙钟的农民站在地边，用手抓着雪，吱吱地捏个团子，说：

"好雪，好雪。冬不冷，夏不热，五谷就不结了。"

他们笑着，叫嚷着回去煨烧酒喝了。

雪还在下着，好大的雪。

一个人在雪地里默默地走着，观赏着冬景。前脚踏出一个脚印，后脚离起，脚印又被雪抹去。前无去者，后无来人，他觉得有些超尘，想起了一首诗，又道不出来。

"你在干什么？"一个声音。

他回过头来，一棵树下靠着一个雪桩。他吓了一跳，那雪桩动起来，雪从身上落下去，像脱落掉的锈斑，是一个人。"我在作诗。"他说。"你就是一首诗。"那个人说。"你在干什么？""看绿。"

"绿在哪儿？"

"绿在树枝上。"

树上早没有了叶子，一群小鸟栖在枝上，一动不动，是一树会唱的绿叶。

"还看到什么吗？"

"太阳，太阳的红光。"

"下雪天没有太阳的。"

"太阳难道会封冻吗？瞧你的脸，多红；太阳的光看不见了，却晒红了你的脸。"

他叫起来了："你这么喜欢冬天?！"

"冬天是庄严的，静穆的，使每个人去沉思，而不再轻浮。"

"噢，冬天是四季中的一个句号。"

"不，是分号。"

"可惜冬天的白色多么单调……"

"哪里！白是一切色的最丰富的底色。"

"可是，冬天里，生命毕竟是强弩之末了。"

"正是起跑前的后退。"

"啊，冬天是个卫生日子啊！"

"是的，是在做分娩前准备的伟大的孕妇。"

"孕妇?！"

"不是孕育着春天吗？"

说完，两个人默默地笑了。

两个陌生人，在天地一色的雪地上观赏冬景，却也成为了冬景里的奇景。

13

池　塘

　　那时候，我很幼小，正是天真烂漫的孩子，父亲在一次运动中死了，母亲却撇下我，出门走了别家。孤零零的我，就被祖母接到了乡下的老家。祖母已经年迈，眼花得不能挑针，终日忙着为人洗衣，小棒槌就在捶布石上咣当咣当地捶打。我先是守在一旁，那声响太是单调，再不能忍，就一个人到门前的池塘寻乐去了。

　　池塘里有着生命，也有着颜色，那红莲，那白鹅，那绿荷……它们生活它们的，各有各的乐趣；我却不能下水去，只是看那露水，在荷叶上滚成碎珠，又滚成大颗，末了，阳光下一丝一缕地净了，那鱼群，散开一片，又聚起一堆，倏然全然逝去，只有一个空白了。它们认不得我，我却牢牢记住了它们，摇着岸边的一株梧桐，落一片叶儿到它们身边，我觉得那便是我了，在它们之中了，千声万声地唤它们是朋友呢。

　　到了冬天，这是我很悲伤的事，塘里结了冰，白花花的，我的朋友再不见了。我沿池塘沿儿去找，却只有几根枯苇，在风里飘着芦絮，捉到一朵了，托在手心，倏忽却又飞了，又去捉回，又再飞去……祖母知道我的烦恼，一边捶着棒槌，一边抹泪，村里人却都说我是怪孩子，在寻找什么呢？

　　时间一天天过去，池塘里起了风，冰一块块融了。终有一日，我正看着，就在那远远的地方，似乎有了一个嫩黄黄的卷儿，蓦地，在好多地方，也都有了那样的卷儿。那是什么呢？我一直守了半晌，卷儿终未展开。祖母说："啊，荷叶要出来了！"我听了，却悲伤了起来，想池水这么绿，绿得发了墨，却染不了荷叶的嫩黄，它是患了什么病吗？一个冬天里是在水里病着吗？我只知道草儿从石板下长上来，是这般颜色，这般委屈，这水也有石板一样的压迫吗？

但它终于慢慢舒展开了，一个圆圆的、平和的模样，平浮在水面就不动了。三日，五日，那圆就多起来，先头的呈出深绿，新生的还是浅绿，排列得似铺成的石板路呢。池塘里开始热闹，我的朋友又都出现，又该是一个乐园了。

没想这晚，起了风雨，哗哗啦啦喧嚣了一夜。天未亮，雨还未住，我便急忙去塘边了。果然池水比往日满了，荷叶狼藉着，有的已破碎，有的浸沉水里，我不禁呜呜啼哭起来了。

就在这时候，有一声尖叫，是那么凄楚，我抬头看去，是一只什么鸟儿，肥胖胖的，羽毛并未丰满，却一缕一缕湿贴在身上，正站在一片荷叶上鸣叫。那荷叶负不起它的重量，慢慢沉下水去，它惊恐着，扑扇着翅膀，又飞跳上另一片荷叶，那荷叶动荡不安，它几乎要跌倒了，就又跳上一片荷叶，但立即就沉下水去，没了它的腹部，它一声惊叫，溅起一团水花，又落在另一片荷叶上，斜了身子，簌簌地抖动……

我不觉可怜起它来了，它是从树上的窠里不慎掉下来的呢，还是贪了好奇，忘了妈妈的叮嘱，来欣赏这大千世界了？可怜的小鸟！这个世界怎么容得你去？这风儿雨儿，你如何受得了呢？我纵然儿在岸上万般儿同情，又如何救得你啊?!

突然，池的那边游来了一只白鹅，那样白，似乎使池塘骤然明亮起来，它极快地向小鸟游去了。它是要趁难加害吗？我害怕起来，正要捡一块石子打它，白鹅却游近了小鸟，一动不动地停下了。小鸟立即飞落在它的背上，缩作一团，伏在上面，白鹅叫了一声，像只小船，悠悠地向岸边游去，终于停在岸边一块石头边，小鸟扑棱着翅膀，跳下来，钻进一丛毛柳里不见了。

我深深地呼出了一口气，感觉到了雄壮和伟大，立即又内疚起来，惭愧冤枉白鹅了，就不顾一切地奔跑过去，抱起了它，大声呼唤着，奔跑在这风中雨中……

一九八一年五月十九日于西安

15

天上的星星

大人们快活了，对我们就亲近，虽然那是为了使他们更快活，我们也乐意呢；但是，他们烦恼了，却要随意骂我们讨厌，似乎一切烦恼都要我们负担，这便是我们做孩子的，千思儿万想儿，也不曾明白。天擦黑，我们才在家捉起迷藏，他们又来烦了，大声呵斥，只好蹑蹑地出来，在门前树下的竹席上，躺下去，纳凉是了。

闲得实在无聊极了。四周的房呀、墙呀、树的，本来就不新奇，现在又模糊了，看上去黝黝的似鬼影。天上月亮还没有出来，星星也不见，昏亮亮的一个大大的天空。我们伤心了，垂下脑袋，不知道这夜该如何过去，痴呆呆地守着瞌睡虫爬上眼皮。

"星星！"妹妹突然叫了一声。

我们都抬起头来，原本是无聊得没事可做，随便看看罢了。但是，就在我们头顶，出现了一颗星星，小小的，却极亮极亮，分明看出是有无数个光角儿的。我们就好奇起来，数着那是四个光角儿呢，还是五个光角儿，但就在这个时候，那星的周围又出现了几个星星，就是那么一瞬间，几乎不容觉察，就明亮亮地出现了。啊，两颗，三颗……不对，十颗，十五颗……奇迹是这般迅速地出现，愈数愈多，再数亦不可数，一时间，漫天满空，一片闪亮，像陡然打开了百宝箱，灿灿的，灼灼的，目不暇接了呢。我们只知道夜夜天上要有星星，但从没注意到这么出现，那是雨天的池塘，霎时浮了万千水泡？又是无数沉睡的孩子，蓦地睁开了光彩的眼睛？它们真是一群孩子呢，一出现就要玩一个调皮的谜儿啊！这些鬼精灵儿，从哪儿来的，是一个家族的兄妹？还是从天涯海角集合起来，要开什么盛会了呢？

夜空再也不是荒凉的了，星星们都在那里热闹，有装熊的，有学狗的，有操勺的，有挑担的，也有的高兴极了，提了灯笼一阵风似的跑……

我们都快活起来了，一起站在树下，扬着小手。星星们似乎很得意了，向我们挤弄着眉眼，鬼鬼地笑。

过了一会儿，月亮从村东口的那个榆树丫子里升上来了。它总是从那儿出来，冷不丁地，常要惊飞了树上的鸟儿。先是玫瑰色的红，像是喝醉了酒，刚刚睡了起来，蹒跚地走。接着，就黄了脸，才要看那黄中的青紫颜色，它就又白了，极白极白的，夜空里就笼上了一层淡淡的乳白色气。我们都不知道这月亮是怎么啦，却发现那些星怎么就少了许多，留下的也淡了许多，原是灿灿的亮，变成了弱弱的光。这竟使我们大吃了一惊。

"这是怎么啦？"妹妹慌慌地说。

"月亮出来了么。"我说。

"月亮出来了为什么星星就少了呢？"

我们面面相觑，闷闷不得其解。坐了一会儿，似乎就明白了：这漠漠的夜空，恐怕是属于月亮的，它之所以由红变黄，由黄变白，一定是生气星星们的不安分，在吓唬着它们哩。

"哦，月亮是天上的大人了。"妹妹说。

我们都没有了话说。我们深深懂得做大人们的威严，又深深可怜起这些星星了：月亮不在的时候，它们是多么有精光灵气，月亮出现了，就变得这般猥琐了。

我们突然又回想起了一切：原来天上并不甚好，月亮睡着了的时候，它才让星星出来，它出来了，就要星星退去。那纷纷扬扬的雪片，五个角的，七个角的，全是薄亮亮的，不就是星星的尸骸吗？或许，就燃起晚霞的大火来烧它们，要不，星星为什么从来就没有叶，也没有根，只是那么赤裸裸的星颗呢？

我们再也不忍心看那些星星了，低了头走到门前的小溪边，要去洗洗手脸。谁也不言语，默默想着我们做孩子的不幸：是我们太小了，太多了吗？

17

溪水浅浅地流着，我们探手下去，才要掬起一抔来，但是，我们差不多全看见了，就在那水底里，有着无数的星星。

"啊，它们藏在这儿了。"妹妹大声地说。

我们赶忙下溪去捞，但无论如何也捞不上来，看那哗哗的水流，也依然冲不了它们。我们明白了，那一定是星星不能在天上，偷偷躲藏在这里了。我们就再不声张，不让大人们知道，让它们静静地躲在这里好了。

于是，我们都走回屋里，上床睡了。却总是睡不稳，害怕那躲藏在水底的星星会被天上的月亮发现吗？可惜藏在水底的星星太少了，那无数的还在天上闪着光亮。它们虽然很小，但天上如果没有它们，那会是多么寂寞啊！

大人们骂我们不安生睡觉了。骂过一通，就打起鼾声，我们赶忙爬起来，悄悄溜到门外，将脸盆儿、碗盘儿、碟缸儿都拿了出去；盛了水，让更多更多的星星都藏在里边吧。

一九八一年六月十五日晚于静虚村

云　雀

　　小小的时候，我眼见过一个奇妙的现象，便不敢忘去；一直到现在，我已是垂垂暮年了，但仍还百思不得其解呢。

　　我们的隔壁，是住着一位老头的。他极能养鸟，门前的木架上，吊下各式各样的鸟笼，里边住着云雀、绿嘴、画眉、黄鹂儿……尽是些可怜可爱的生灵儿。整天整天里，我们就守在那鸟笼下，听着它们鸣叫。叫声很是好听，尤其那只云雀，像唱歌一样，打老远就能听见，使人禁不住要打一个麻酥酥的颤儿了。

　　时间一长，那云雀声就不比以前那么脆了，老头便给它吃最好的谷，喝最清的水，稍不鸣叫，就万般逗弄；于是它就又叫起来了。但它叫起来的时候，总是在笼里不能安宁，左一撞，右一碰的，常常把黄黄的小嘴从笼格里挤出来，盯着高高的云天，叫得越发哑了。

　　"它唱得太疲劳了。"我们都这么说，便去给老头建议，不要逗弄它了吧。

　　但是，每每黎明的时候，它就又叫起来了，而且每个黎明都叫。我们爬起来，从窗口里看去，天刚刚发亮，云升得很高很高，老头并没有起床呢。于此才明白别人不逗弄它，它还是每天要叫的；依然嘴挤在笼格外边，翅膀扑扇着，竟有几根茸茸的羽毛掉了下来。

　　"它在练嗓子吗？"妹妹说。

　　"不，它那嗓子已经哑了。"我说。

　　"那它为什么还要唱呢？"

19

"谁知道呢？你听，它是在唱一支忧郁的歌吗？"

细细听起来，果然那叫声充满了忧郁；那往日里悠悠然的叫声原来是痛苦的呼喊呢?！

"是它肚子饥了，渴了吧？"妹妹又说。

我们跑过去，要给它添些食儿，却看见笼里，满满地放着一盘黄谷，一盘清水；这便又使我们迷糊了。

"一定是向往着云天吧。"

我们这么不经意地说过，立即便觉得是很正确的了。想，它未被老头捉住之前，它是飞在天上的，天那么空阔，天便全然是它的；黎明的时候，它一定是飞得像云一样地高，向黑暗宣告着光明。如今，黎明来了，它却飞不出去，才这么发疯似的抗议了！我们在笼下捡起那抖搂下的羽毛，深深地感到它的可怜了。

我们把这想法告诉给老头，老头笑我们可爱，却终没有放了它去。它每天还是这么叫着，唱那一支忧郁的歌。

我们终于不忍了，在一个黎明，悄悄起来，拆开了笼的门，放它出去了。它一下子飞到了柳树梢上，和柳梢一起激动，有些站不稳，几乎就要掉下来了。但立即就抖抖身子，对着我们响亮地叫了一声，倏忽消失在云天里不见了。

老头发觉走失了云雀，捶胸顿足了一个早上，接着就疑心被人放走的，大声叫骂。我们听了，心里却充满欢乐，觉得干了一件伟大的事情。

云雀飞走了，我们却时时恋念着它，当看着那笼里的绿嘴、黄鹂、画眉，就想它这个时候，是在天的哪一角呢？在云的哪一层呢？它该是多么快活，那唱的，再也不是忧郁的歌了，而是凌云之歌，自由之歌，生命之歌了啊！

一天过去了，两天过去了，突然，我们在那棵柳树上，却发现了它。它样子很单薄，似乎比以前消瘦多了，也疲倦多了；在风里，斜了翅膀，上下怯怯地飞。我们惊喜地呼唤它，但立即就赶走了它，怕那老头发现了，又要捉它回去。

但是，就在第四天的早上，我们刚刚醒来，突然就又听到了云雀的叫声。赶忙跑出门，看那柳树，柳树上没有它。老头却在大声地喊叫我们了：

"啊，云雀，还是我的那个云雀！"

我们看时，老头正提着那个鸟笼。笼门已经重新封了，云雀果然就在里边，一声一声地叫。这使我们大惊失色，责问他怎么又捉了它，老头说：

"哪里！是它飞回来的；这鸟笼一直在那里空着，它就飞回来了呢。"

"这怎么可能呢？"我们说。

"怎么不可能呢？"老头说，笑得更得意了，"我已经喂它两年了，这笼里多舒服啊！"

我们走近去，云雀待在那里，急急地吃着那谷子，喝着那清水，好像它一直在饿着，在渴着，末了，就静静地卧下来，闭上了眼睛，做着一种疲乏后的休息。

我们默默地看着它，这只美丽的云雀，再没有说出话来。

一九八一年七月二十二日作于静虚村

落　叶

　　窗外，有一棵法桐，样子并不大的，春天的日子里，它长满了叶子。枝根的，绿得深，枝梢的，绿得浅；虽然对列相间而生，一片和一片不相同，姿态也各有别。没风的时候，显得很丰满，娇嫩而端庄的模样。一早一晚的斜风里，叶子就活动起来，天幕的衬托下，看得见那叶背上了了的绿的脉络，像无数的彩蝴蝶落在那里，翩翩起舞，又像一位少妇，丰姿绰约的，做一个妖媚媚的笑。

　　我常常坐在窗里看它，感到温柔和美好。我甚至十分忌妒那住在枝间的鸟夫妻，它们停在叶下欢唱，是它们给法桐带来了绿的欢乐呢，还是绿的欢乐使它们产生了歌声的清妙？

　　法桐的欢乐，一直要延长一个夏天。我总想那鼓满着憧憬的叶子，一定要长大如蒲扇的，但到了深秋，叶子并不再长，反要一片一片落去。法桐就消瘦起来，寒碜起来，变得赤裸裸的，唯有些嶙嶙的骨。而且亦都僵硬，不再柔软婀娜，用手一折，就一截一截地断了下来。

　　我觉得这很残酷，特意要去树下捡一片落叶，保留起来，以做往昔的回忆。想：可怜的法桐，是谁给了你生命，让你这般长在土地上？既然给了你这一身的绿的欢乐，为什么偏偏又要一片一片收去呢?!

　　来年的春上，法桐又长满了叶子，依然是浅绿的好，深绿的也好。我将历年收留的落叶拿出来，和这新叶比较，叶的轮廓是一样的。喔，叶子，你们认识吗，知道这一片是那一片的代替吗？或许就从一个叶柄眼里长上来，凋落的曾经那么悠悠地欢乐过,欢乐的也将要寂寂地凋落去。

然而,它们并不悲伤,欢乐时须尽欢乐;如此而已,法桐竟一年大出一年,长过了窗台,与屋檐齐平了!

我忽然醒悟了,觉得我往日的哀叹大可不必,而且有十分的幼稚呢。原来法桐的生长,不仅是绿的生命的运动,还是一道哲学的命题在验证:欢乐到来,欢乐又归去,这正是天地间欢乐的内容;世间万物,正是寻求着这个内容,而各自完成着它的存在。

我于是很敬仰起法桐来,祝福于它:它年年凋落旧叶,而以此渴望着来年的新生,它才没有停滞,没有老化,而目标在天地空间里长成材了。

一九八一年八月十六日作于静虚村

访　梅

　　小时候，对于我们这些孩子，冬天实在是单调的日子；春天夏天的花花绿绿的色彩，全然消失了，甚至连一只花翎的鸟儿也飞绝了。到处是一片白。游戏也懒得去做，顶多是去大场踢毽子，踢上一气，也索然无味。只好待在家里的火塘边看那红光，看着看着，那火烧到旺处，却也成了白色。正难熬着，听奶奶说，舅爷要来家了。这使我们十分高兴，盼了整整十天，差不多要失望了，他才姗姗来了。

　　舅爷是个画家，住在远远的大城里，听奶奶说，他的名气老大，在国外也办过画展。但我们翻看他的画集，却并不佩服他，他的画简单极了，每幅画都懒得去画满，往往就是那么几块几笔水墨，那蚂蚱，似乎并不就是蚂蚱；那小鱼，似乎并不就是小鱼，我们当时就哧地笑了，觉得跟我们的画差不多呢。于是乎，他来后的第二天，我们就不敬而远之了，随便着和他对话，笑上几声，缠他讲城市的故事，日子也觉得有些生气。但是，他却提出要出外作画去，大雪天里，天地一片儿白，有什么可画的呢？我们很有几分疑惑，更有了几分好奇，便闹嚷嚷地厮跟了他去。

　　从窄窄的雪巷里蹚出去，过了大场，一直往村后的小山包上走去。山包上雪落得很厚，夏天里，我们在这里捉毛老鼠的那片乱坟，什么凹的凸的地也没有了；夜里打着手电，悄悄来掏灰鸽子的树上，没了窠儿，也没有一片叶子。这里有什么可画的呢？舅爷拣着一块石头坐下，眯缝了那双眼睛，左看看，右看看，看远又看近。足足那么了半个时辰，就拿出画夹，开始画起来了。我们一眼一眼看，看着看着，果然天地单调，画面更单调。

"单调吗？"舅爷说。

"单调极了，"我们说，"我们给你寻些能画的色彩吧。"

"找些什么色彩呢？"

"譬如梅花，那花是多么红呢！"

舅爷笑了，叮咛我们小心去寻。

"去吧，舅爷等着你们寻来最美的东西。"

我们跑去了，先是到了东边，那是一慢斜坡，稀稀地站着几株柿树，如今光裸裸的，没有一颗红艳艳的果子，铁似的枝条，衬在雪里，似乎在做着沉思。再往远去，有一簇村庄，屋顶蓝锃锃的瓦不见了，村前那口满是绿荷的池塘不见了，村口跑出一头毛驴，也是满身潮了霜，灰不溜丢的。

我们又跑到山包北边，下去一里，便是清阳河了。往日里，那是个大草坝，上面有着青茵茵的草，草里长着花，黄的、红的、紫的、蓝的。我们把羊赶上去，羊在啃草，我们就采花编着花环，傍晚回家，我们脖子上挂着花环，羊脖子上也挂着花环。可如今，什么也没有了，雪埋得平平的，偶尔看得见一丛草尖冒上来，那已经干枯了，霜冻得很硬，一有风就嚯嘟嘟响。

我们又跑到山包西边，心想这儿一定是会有梅的，因为长着密密的树。但是，我们细细地在树林子里找了，并没有什么梅的，甚至连别的什么颜色的东西也没有。我们一下子都坐在雪窝里，觉得这冬天里，实在是没有什么可画的色彩了，一时之间，又觉得舅爷可笑：连色彩都没有，还谈得上什么美吗？真后悔不该这么跑了山包的几面坡，更后悔压根儿就不该跟着舅爷到这里来呢。

可是，我们转回到舅爷那儿，他却已画了四张画，虽然又是那么几笔，树并不就是那树，桥并不就是那桥。看见了我们，说：

"孩子，寻到了吗？"

"什么也没寻到。"

"只是白的吗？"

"只是白的。"

"好了，找到了。"

25

"找到了？找到什么了？"

"找到了只是白的。"

"白的有什么意思？"

"你们想想，天是什么？天是云。云是什么？云是蒸汽。蒸汽是什么？蒸汽是水。水是什么？水是白的。天上地下，哪一样不是白色的呢？白色是最美的色彩呢！"

"那么说，"我们一时狐疑了，"什么东西里，什么时候难道都有美吗?！"

"对了，孩子！美是到处都有的，但美却常常被人疏忽了。你们总是寻那大红大绿，可红得多了，可以使你烦躁；绿得多了，可以使你沉郁；黄得多了，可以使你感伤，只有这白色是无极的，是丰富的，似乎就无极得无有，丰富得荒凉了呢。"

我们都哑然了，虽然听得并不甚明白，但毕竟惭愧起来，而且自那以后，愈来愈加深了理解，深深地后悔辜负了多少个冬天，使多少个美好的东西毫无意义地无知地消磨过去了。

作于一九八一年九月二十五日

风　雨

　　树林子像一块面团了，四面都在鼓，鼓了就陷，陷了再鼓；接着就向一边倒，漫地而行的；忽地又腾上来了，飘忽不能固定；猛地又扑向另一边去，再也扯不断，忽大忽小，忽聚忽散；已经完全没有方向了。然后一切都在旋，树林子往一处挤，绿似乎被拉长了许多，往上扭，往上扭，落叶冲起一个偌大的蘑菇长在了空中。哗的一声，乱了满天黑点，绿全然又压扁开来，清清楚楚看见了里边的房舍、墙头。

　　垂柳全乱了线条，当抛举在空中的时候，却出奇地显出清楚，刹那间僵直了，随即就扑撒下来，乱得像麻团一般。杨叶千万次地变着模样：叶背翻过来，是一片灰白；又扭转过来，绿深得黑青。那片芦苇便全然倒伏了，一截断茎斜插在泥里，响着破裂的颤声。

　　一头断了牵绳的羊从栅栏里跑出来，四蹄在撑着，忽地撞在一棵树上，又直撑了四蹄滑行，末了还是跌倒在一个粪堆旁，失去了白的颜色。一个穿红衫子的女孩冲出门去牵羊，又立即要返回，却不可能了，在院子里旋转，锐声叫唤，离台阶只有二步远，长时间走不上去。

　　槐树上的葡萄蔓再也攀附不住了，才松了一下屈蜷的手脚，一下子像一条死蛇，哗哗啦啦脱落下来，软成一堆。无数的苍蝇都集中在屋檐下的电线上了，一只挨着一只，再不飞动，也不嗡叫，黑乎乎的，电线愈来愈粗，下坠成弯弯的弧形。

　　一个鸟窠从高高的树端掉下来，在地上滚了几滚，散了。几只鸟尖叫着飞来要守住，却飞不下来，向右一飘，向左一斜，翅膀猛地一颤，羽毛翻成一团乱花，旋了一个转儿，倏忽在空中停止了，瞬间石子般掉在地上，连声响儿也没有。

窄窄的巷道里，一张废纸，一会儿贴在东墙上，一会儿贴在西墙上，突然冲出墙头，立即不见了。有一只精湿的猫拼命地跑来，一跃身，竟跳上了房檐，它也吃惊了；几片瓦落下来，像树叶一样斜着飘，却突然就垂直落下，碎成一堆。

池塘里绒被一样厚厚的浮萍，凸起来了，再凸起来，猛地撩起一角，唰地揭开了一片；水一下子聚起来，长时间地凝固成一个锥形；啪地摔下来，砸出一个坑，浮萍冲上了四边塘岸，几条鱼儿在岸上的草窝里蹦跳。

最北边的那间小屋里，木架在吱吱地响着。门被关住了，窗被关住了，油灯还是点不着。土炕的席上，老头在使劲捶着腰腿，孩子们却全趴在门缝，惊喜地叠着纸船，一只一只放出去。……

一九八二年秋写于宝鸡

鸟　窠

　　在我小的时候，村里有了一所磨坊，矮矮的一间草屋，挨着场畔的白杨树儿，孤零零地待着；娘是那里的磨倌，我跟着娘，在那里也泡过了我的童年。

　　过去了一个冬天，又过去了一个冬天，我们只是待在这磨坊里。娘是经管箩面的，坐在筐篮边上，将箩儿来回筛着，面粉扬起来，雾蒙蒙的，她不说不笑，也不大变换姿势，眉儿眼儿就像个雪人儿一般的。我是专赶着那毛驴：它的眼睛被布蒙住了，套着磨杆，走着一圈，又一圈；我跟着毛驴的屁股，也走着一圈，又一圈。石磨"呼呼噜噜"地响着，像在打雷，先还觉得有趣，慢慢就烦腻了：毛驴耷拉下耳朵，一圈比一圈走得慢了，我也走得慢了下来，歪过头去，无精打采地看那窗外的世界。

　　窗外五十米的地方，有着一棵白杨，是四周最高的白杨了，端端地往上长，几乎没有什么枝股，通身灰白灰白的，尤其在傍晚的时分，暮色里就白得越发显眼，像是从地里射上去的一道光柱。就在那稀稀的几根细枝的顶端，竟有了一个鸟窠，横七竖八的柴枝儿，筑个笼筐儿形似的；一对鸟夫妻住在那里，叫不上名字，是白的脑门儿、长的尾巴那一类的。它们一早就起飞走了，晚上才飞回来，常常落到磨坊门口，双脚跳跃着觅食；我撒一把麦粒过去，它们却"呼"地飞去了。

　　我觉得这些小生命可爱了，想它们一定也很寂寞，那么，来和我待在一起，它们唱歌就有我听，我说话也有它们听了，它们可以一直飞到我的磨盘上，我一定会让它们把麦粒儿吃饱呢。我便从光溜溜的树身爬上去，一直爬到树顶，那里风真大，左右摇晃，使我更觉得这里不安全，就小心翼翼地抱下那个窠来了。用绳儿系着，棍儿架着，我把鸟窠安放在磨坊的门口，想晚上鸟儿回来了，就会歇在里边，赶明日我一到磨坊，就看得见它们了。

但是，第二天我来的时候，那鸟窠里却空落落的；从窗口看那白杨树，鸟夫妻在叽叽喳喳叫着，焦躁地飞上飞下。它们是在哭啼呢，还是在咒骂？我大声地说：窠在这儿，窠在这儿！它们却并不理会。飞过一阵了，双双落在一枝树股上，母的偎着头，欲睡未睡，公的却静静地盯着远方，叽叽喳喳了一阵，便又都飞开去；很快，它们分别衔着一根柴枝儿，又在那梢端儿上，筑起新窠了。

我真有些不明白：它们为什么要那么傻呢，它们飞过磨坊，难道没有看见窠在门口吗？但它们还是不停地衔柴枝儿筑窠，一根、两根、横竖交错，慢慢看出有个窠形了。我想，它们一定会疲倦的，疲倦了就会飞进这门口的窠里来的。我再也不去看它们，只是赶我的毛驴，毛驴蒙着眼，走着一圈，又一圈，我跟着毛驴屁股，也走着一圈，又一圈。

一天过去了，那窠编好了底。一天又过去了，那窠编好了顶。鸟夫妻已经十分疲劳了，衔一根柴枝儿，要歇几次，才能衔上梢端；但放好一根柴枝儿，就喳喳地叫着，你一声，它一声的。

我很嫉妒它们，但终于内心惭愧了，觉得我不该移了它们的窠，苦得它们又去创业，便将那门口的鸟窠放到白杨树下，让它们不必远路去寻材料。一放下鸟窠，就立即飞跑回磨坊，害怕它们看见造孽的是我。

新窠又筑起来了，筑得比原先那个更好看呢。它们又在上边过它们的日子了，早晨依然是吵吵闹闹一阵，就双双飞了去。天总是晴朗的，有着微微的风，它们一前一后，斜着翅膀，一会儿飞得很高很高，一会儿又飞得很低很低，末了，就又一呼一应，倏尔在云天里消失了。

似乎又过了十天吧，母的再不去飞行了，它终日静静地躺在窠里，偶尔对着磨坊叫那么一声，公的时常飞回来，嘴里叼着小虫儿。我真有些奇怪，不知道这是为什么。有一次，我正赶着毛驴走，就听见那白杨树上一片儿喧嚣，扭头看时，那只公鸟正扑棱着翅膀，在窠边飞来飞去，挨着那窠沿儿，有了四个红红的小嘴儿。啊，它们是有了儿女了呢。

那儿女是什么模样儿，我看不清楚，我几次要爬上白杨树去捉一只下来，又觉得不忍，就这么天天看着它们：它们快活，我也快活；它们鸣叫，我也呼喊。终于又过了一段时间，我看见那小鸟儿们了，它们和它们的父母一样漂亮，而且全能起飞，啪啪啪地飞到云里去了。

它们飞走了，差不多的白天里，磨坊里外再没有什么好听的了，只是那无止无休的呼呼噜噜的石磨声。毛驴拽着磨杆，走着一圈，又一圈。我跟着毛驴的屁股，也走着一圈，又一圈，我不知道这个时候，鸟儿飞到什么地方去了……毛驴渐渐耷拉下耳朵，慢下来了，我并不去用树条儿打它，只是问娘：

"娘，鸟儿为什么不住到地上来呢？"

"它们喜欢住得高高的。"

"那么高的，经常有风，它们不害怕吗？"

"不怕，它们很快活；能飞呢。"

噢，我想，它们是不是以为住在这磨坊门口了，担心被我捉住呢？它们住在那高高的树梢上，是愿意到什么地方就到什么地方去，想看什么就看什么吧？哎呀，那天空全是它们的了，它们是够多快活呢！

"娘，"我又问道，"鸟儿为什么就能飞呢？"

"它们有羽毛的翅膀。"

"那人为什么没有呢？"

"人是要安分的。"

人为什么要安分呢？娘的话，我却听不懂了，想地上有山呀、房呀、湖呀、河呀的阻挡，所以鸟不住在地上吗？天上没有阻挡，空空旷旷的，但人要安分，所以才不能长出羽毛的翅膀吧?！我真想再一次上那白杨树去，住在那窠里，叫那小鸟儿做哥哥、姐姐，叫那老鸟儿做爸爸、娘娘，长一对羽毛的翅膀儿。

娘却骂我说疯话，直催我快赶驴，说再不赶紧，限天黑就不能磨完这些麦子了。我打起毛驴来，毛驴就又一阵紧跑，我也撵着毛驴屁股小不丢溜地跑。但是，毛驴又渐渐耷拉下耳朵，一步一步地慢了，我也收下步来，又去看那窗外的白杨树了。鸟儿一家又飞回来，在那里吵吵叫叫地热闹，很快就又飞去了，有两根羽毛悠悠地飘下来，落在树下。

　　我终不能忍了，再不听娘的斥责，跑出去，在那白杨树下捡起了那两根羽毛，拿回来，一根别在我的头上，一根别在毛驴的臁脖子上……

观沙砾记

正是中午，我在岸边的柳荫下乘凉，一抬头，看见河滩的沙地里，腾腾的有着一层雾气，一丝一缕的，曲线儿的模样。看得久了，又似若有若无，灿灿的却在那雾气之中，有了什么在闪光，有的如火苗，那么一小朵，里圈是红的，外圈是白的，飘忽不可捉摸；有的如珍珠，跳跃着无数光环，目不能细辨，似乎其中有红、黄、绿、紫的色彩；有的如星星，三角形的、五角形的，光芒乍长乍短。我一时不知这是什么东西，叫小女儿去寻看，只是一片河滩，满地沙砾，漠漠视而不识，而升腾的雾气灼灼，使人不能久站。回到柳荫下又看，那光亮又在那里闪耀。女儿照着一点光走去，双手捡起，捂在掌内走过来，看时，乃是一块小小的沙石片儿。

石片极平凡，三角形状，边角已成光滑，上边隐隐有几道石纹，并不算美；放在手中，不见有彩，拿近眼前，黯然无光。女儿很是纳闷，问：它在沙滩灿烂，在这里失色，这是怎么回事？

是怎么回事，我也不得其解。反复揣摩石片，想起"橘生淮南则为橘，生于淮北则为枳"的古语，猜这是地方不同所致，这石片或是从山上来的，风吹雨打，裂成碎片，随水走川过峡，万里浪淘，停在这河滩里了；这水，这气，这日，才使其显了本色，互相辉映，有了灿灿之光。如今拿在手中，没了那些就得不到其天然色泽了。由此看来，天上的星星，也是这样：它在天上，便有光亮，成其为星，落在地上了，纯乎一块陨石，有人幻想上天摘星，以此炫耀，恐怕摘下来，也是一块冰冷顽石吧！再去推想，我们居住的

33

地球，我们看来，是土，是石，可从别的星球看去，也一定会有光有色。那么，鱼在水里，游动有神，来来去去，可谓悠然，若坠上岸来，便会翅不如毛，尾亦无力了。鸟在云际，有容有声，高高低低，可谓自若，若坠入水去，便要有翅不能飞，有爪不能划了。世上什么东西生存，只有到了它生存的自然之中，才见其活力，见其本色，见其生命，见其价值。人往往有其好心，忽视自然规律，欲以己之意，加于他物，结果往往适得其反。

沙砾本是无情，也有如此属性，而万千世界，人为第一，百人百貌，百貌百性，不能定然，不可固一。应是让其在充分发挥自己的条件下，不拘一格，各逞其才。那么，人便更是活的，就有生气，就有创造，这个人世就有了最伟大的、最光辉的色彩。

女儿还在哀叹沙砾，说是死了，是不是还能再活？我让女儿把那石片儿抛到河滩去，站在柳荫下静观，便见又灿灿然，烁烁然了。女儿笑之，我亦笑之，沙砾似乎也在笑，一闪一闪的，绽闪着金色的微笑。

一九八二年

地平线

　　小的时候，我才从秦岭来到渭北大平原，最喜欢骑上自行车在路上无拘无束地奔驰。庄稼收割了，又没有多少行人，空旷的原野上稀落着一些树丛和矮矮的屋。差不多一抬头，就看见远远的地方，天和地相接了。

　　天和地已经不再平行，形成个三角形，在交叉处是一道很亮的灰白色的线，有树丛在那里伏着。

　　"啊，天到尽头了！"

　　我拼命儿向那树丛奔去。骑了好长时间，赶到树下，但天地依然平行；在远远的地方，又有一片矮屋，天地相接了，又出现那道很亮的灰白色的线。

　　一个老头迎面走来，胡子飘在胸前，悠悠然如仙翁。

　　"老爷子，你是天边来的吗？"我问。

　　"天边？"

　　"就是那一道很亮的灰白线的地方。去那儿还远吗？"

　　"孩子，那是永远走不到的地平线呢。"

　　"地平线是什么？"

　　"是个谜吧。"

　　我有些不大懂了，以为他是骗我，就又对准那一道很亮的灰白色线上的矮屋奔去。然而我失败了：矮屋那里天地平行，又在远远的地方出现了那一道地平线。

　　我坐在地上，咀嚼着老头的话，想这地平线，真是个谜了。正因为是个谜，我才要去解，跑了这么一程。它为了永远吸引着我和与我有一样兴趣的人去解，才永远是个谜吗？

　　从那以后，我一天天大起来，踏上社会，生命之舟驶进了生活的大海。但我却记住了这个地平线，没有在生活中沉沦下去，虽然时有艰辛、苦楚、寂寞。命运和理想是天和地的平行，但又总有交叉的时候。那个高度融合统一的很亮的灰白色的线，总是在前边吸引着你。永远去追求地平线，去解这个谜，人生就充满了新鲜、乐趣和奋斗的无穷无尽的精力。

访　兰

　　父亲喜欢兰草，过些日子，就要到深山中一趟，带回些野兰来培栽。几年之间，家里庭院就有了百十余品种，像要做一个兰草园圃似的。方圆十几里的人就都跑来玩赏。父亲并不以此得意的，而且倒有了几分愠怒。时又进山去，便从此不再带回那些野生野长的兰草了。这事很使我奇怪，问他，又不肯说，只是有一次再进山的时候，要我和他一块儿："访山去吧！"

　　我们走了半天，一直到了山的深处。那里有一道瀑布，几十丈高地直直垂下，老远就听到了轰轰隆隆地响，水沫扬起来，弥漫了半天，日光在上面浮着，晕出七彩迷离的虚幻。我们沿谷底走，便看见有很多野兰草，盈尺高的，都开了淡淡的兰花，像就地铺着了一层寒烟；香气浓烈极了，气浪一冲，站在峡谷的任何地方都闻到了。

　　我从未见过这么清妙的兰草，连声叫好，又动手要挖起一株来，想，父亲会培育这仙品的：以前就这么挖回去，经过一番培栽，就养出了各种各样的品类、形状的呢！

　　父亲却把我制止了，问道："你觉得这里的兰草好呢，还是家里的那些好？"我说："这里的好！""怎么个好呢？"我却说不出来。家里的确比这里的看着好看，这里的却比家里的清爽。"是味儿好像不同吗？"

　　"是的。"

　　"这是为什么？一样的兰草，长在两个地方就有了两个味儿?！"

　　父亲说："兰草是空谷的幽物，得的是天地自然的原气，长的是山野水畔的趣姿；一培栽了，便成了玩赏的盆景。"

"但它确实叶更嫩，花更繁更大了呢！"

"样子是似乎美了，但美得太甜，太媚，格调也就俗了。"

父亲的话是对的。但我却不禁惋惜了：这么精神的野兰，在这么个空谷僻野，叶是为谁长的，花是为谁开的，会有几个知道而欣赏呢？

"这正是它的不俗处。它不为被欣赏而生长，却为着自己的特色而存在着，所以它才长得叶纯，开得花纯，楚楚的有着它的灵性。"

我再不敢去挖这些野兰了。高兴着它的这种纯朴，悲痛以前为什么喜爱着它而却无形中就毁了它呢！

父亲拉我坐在潭边，我们的身影就静静地沉在水里。他看着它，也在看着我，说："做人也是这样啊，孩子！人活在世上，不能失了自己的真性。献媚处事，就像盆景中的兰草一样降了品格，这样的人是不会给社会有贡献的。"

我深深地记着父亲的话。从那以后，已经是十五年过去了，我一直未敢忘却过。

一九八二年五月三十一日记于五味村

泉

　　我老家的门前，有棵老槐树，在一个风雨夜里，被雷电击折了。家里来信说：它死得很惨，是拦腰断的，又都裂开四块，只有锯下来，什么也不能做，劈成木柴烧罢了。我听了，很是伤感，想那夜的风雨，是恶，是暴，还是方向不定，竟挟带了如此的雷电？可怜老槐无力抵御外界的侵凌，却怎么忍受得了这重重的摧残和侮辱呢？

　　后来，我回乡去，不能不去看它了。

　　这棵老槐，打我记事起，它就在门前站着，似乎一直没见长，便是那么的粗，那么的高。我们做孩子的，是日日夜夜恋着它，在那里荡秋千，抓石头，踢毽子，快活得要死。与我们同乐的便是那鸟儿了，一到天黑，漫空的黑点，陡然间就全落了进去，神妙般的不见了。我们觉得十分有趣，猜想它一定是鸟儿的家，它们惊惧那夜的黑暗，去得到家的安全，去享受家的温暖了呢。或者，它竟是一块站在天地之间的磁石，无所不包地将空中的生灵都吸去了，要留给黑暗的，只是那个漠漠的、天的空白？冬天，世上什么都光秃秃的了，老槐也变得赤裸，鸟儿却来报答了它，落得满枝满梢。立时，一个鸟儿，是一片树叶；一片树叶，是一个鸣叫的音符：寂寞的冬天里，老槐就是竖起的一首歌子了。于是，它们飞来了，我们就听着这冬天的歌，喜欢得跑出屋来，在严寒里大呼大叫；它们飞走了，我们就捡着那树下抖落的几片羽毛，幻想着也要变一只鸟儿，去住在树上，去飞到树顶的上空，看那七斗星座，究竟是谁夜夜把勺儿放在那里，又要舀些什么呢？

如今我回来了，离开了老槐十多年的游子回来了。一站在村口，就急切切看那老槐，果然不见了它。进了院门，家里人很吃惊，又都脸色灰黑，勉强和我打着招呼，我立即就看见那老槐了，劈成碎片，乱七八糟地散堆在那里，白花花的刺眼，心里不禁抽搐起来。我大声责问家里人，说它那么高的身架，那么大的气魄，骤然之间，怎么就在这天地空间里消失了呢?! 如今，我的幼年过去了，以老槐慰藉的回忆也不能再做了，留给我的，就是那一个刺眼痛心的树桩吗?! 我再也硬不起心肠看这一场沧桑的残酷，蕴藏着一腔对老槐的柔情，全然化作泪水流下来了。

夜里，家里人都没有多少话说，悲痛封住了他们的嘴；闷坐了一会儿，就踽踽进屋去睡了。我如何能睡得，走了出来，又不知身要走到何处，就呆呆地坐在了树桩上。树桩筐筛般大，磨盘样圆，在月下泛着白光。可怜它没有被刨了根去，那桩四边的皮层里，又抽出了一圈儿细细的小小的嫩枝，极端地长上来，高的已经盈尺，矮的也有半寸了。我想起当年的夏夜，槐荫铺满院落，我们做孩子的手拉手围着树转的情景，不觉又泪流满面。世界是这般残忍，竟不放过这么一棵老槐，是它长得太高了、目标要向着天上呢，还是它长得太大了，挡住了风雨的肆行？

小儿从屋里出来，摇摇摆摆的，终伏在我的腿上，看着我的眼，说：

"爸爸，树没有了。"

"没有了。"

"爸爸也想槐树吗？"

我突然感到孩子的可怜了。我同情老槐，是它给过我幸福，给过我快乐；我的小儿更是悲伤了，他出生后一直留在老家，在这槐树下爬大，可他的幸福、快乐并没有尽然就霎时消失了。我再不忍心看他，催他去睡，他却说他喜欢每天晚上坐在这里，已经成习惯了。

"爸爸，"小儿突然说，"我好像又听到那树叶在响，是水一样的声音呢。"

唉，这孩子，为什么偏偏要这样说呢？是水一样的声音，这我是听过的。可是如今，水在哪儿？古人说，抽刀断水水更流，可这叶动而响的水，怎么就被雷电斩断了呢？难道天上可以有银河，地上可以有长江，却不容得这天地之间的绿的水流吗？

"爸爸，水还在呢！"小儿又惊呼起来，"你瞧，这树桩不是一口泉吗？"

我转过身来，向那树桩看去，一下子使我惊异不已了：啊，真是一口泉呢！那白白的木质，分明是月光下的水影，一圈儿一圈儿的年轮，不正是泉水绽出的涟漪吗？我的小儿，多么可爱的小儿，他竟发现了泉。我要感谢他，世界要感谢他，他真有发现了新大陆的哥伦布一样地伟大啊！

"泉！生命的泉！"我激动起来了，紧紧抱住了我的小儿，想这大千世界，竟有这么多出奇，原来一棵树便是一条竖起的河，雷电可以击折河身，却毁不了它的泉眼，它日日夜夜生动，永不枯竭，那纵横蔓延在地下的每一根每一行，该是那一条一道的水源了！

我有些不能自已了。月光下，一眼一眼看着那树桩皮层里抽上来的嫩枝，是那么的精神，一片片的小叶绽了开来，绿得鲜鲜的、深深的：这绿的结晶，生命的精灵，莫非就是从泉里溅起的一道道水柱吗？那锯齿一般的叶峰上的露珠，莫非是水溅起时的泡沫吗？哦，一个泡沫里都有了一个小小的月亮，灿灿地，在这夜里摇曳开光辉了。

小儿见我高兴起来，他显得也快活了，从怀里掏出了一撮往日捡起的鸟的羽毛，万般逗弄，问着我：

"爸爸，这嫩枝儿能长大吗？"

"能的。"我肯定地说。

"鸟儿还会来吗？"

"会的。"

"那还会有雷电击吗？"

小儿突然说出的这句话，却使我惶恐了，怎样回答他呢？说不会有了，可在这茫茫世界里，我仅仅是一个小小的分子，我能说出那话，欺骗孩子，欺骗自己吗？

"或许还会吧，"我看着小儿的眼睛，鼓足了劲说，"但是，泉水不会枯竭的，它永远会有树长上来，因为这泉水是活的！"

我说完了，我们就再没有言语，静止地坐在树桩的泉边，在袅袅起动的风里，在万籁沉沉的夜里，尽力地平静心绪，屏住呼吸，谛听着那从地下涌上来的，在泉里翻腾的，在空中溅起的生命的水声。

41

木　耳

堂兄年前来，给我说：

南山，有一个密密的大森林，长着赤松、白桦、黑柏、杉、栎、杨、椿。我们修路进去，有计划地采伐，成批成批的栋梁之材就运出了山外。为了全面地普查这个古老的森林，一日，我们三人出发，一直往南山的深处去，于是到了一个神秘的地方。

这是个阴沉的谷沟，时而闪得开阔，时而狭窄得要豁啷啷碰在一起；山山崆崆，似乎全没有了脉势走向，横七竖八地乱了规律。就在最远最高的那个山梁，天幕衬托之下，分明看出两边尖尖地翘起，中间缓缓地落下，活脱脱一个上弦的月亮。我们便叫它月亮坳。到坳里去的路十分难走，一山的松动石，常常就有几块滚落下来，满山满谷响着爆裂的隆鸣。爬上去，那里却长满了清一色的栲树，盆粗的，桶粗的，一搂粗两搂粗的，从那月亮的底部齐楚楚地长得和月亮的两边一样高低了。这里几乎从未有过人的足迹和气息，鸟儿也很少；死寂寂的，一说话，就有了扩音，嗡嗡地回韵不绝，但嗡声太大了，说话反倒又不容易听清。我们惊喜发现了这个奇妙的山坳，惊喜这个山坳里有这么多上好的栲树，这是一批难得的大梁、立柱用材啊！

但是，这里的地势太险恶了，木材无法运出，我们就决定将公路修进来。

一个月过去了，又一个月过去了，山路却无法开出来。那里三天两头就是一场恶风暴雨，可怕的雷电竟是一个火球一个火球击打在那巨大的黑石上，好多人因此便丧生了；而艰艰难难修出的那一截路面，哗啦啦一声，松动石涌下，什么也就不复存在了。路无法再修了，我们只有天晴的日子，站在沟底看去，那密密的栲树将月亮坳填满，像一个倒放的梳子，常要猜想：是月藏在林中呢，还是树长在月中？只好无可奈何地议论：

"那是一批好树啊！"

"那真是好树。"

"为什么就要生长在那个地方呢？"

"那地方太不是地方。"

就在夏天的一个月初，南山里又遭到了一次百年不遇的风雨雷电，月亮坳受到了残酷的劫洗，栲树全然地毁掉了。从此，那个地方又没有人再去，空留一个月亮坳，一个冰冷的坳的月亮。

栲树自生自灭了：这无光无热的坳的月亮，使它们长成了材，却又使它们遭到了毁灭！

"多么可惜的栲树！"

"多么可惜。"

一年后，我们偶然又赶到了那里，一片倒木，狼藉不堪，像一处古战场一样令人惨不忍睹。但是，出奇地却发现一群一群数不胜数的黑色蝴蝶，一齐落在那开始腐朽的倒木上，似乎都在扇着翅膀做极快的已经用肉眼无法分辨速度的闪颤呢。

"啊，蝴蝶！"

"啊，蝴蝶！"

我们惊呼着，跑近去，却立即傻眼了，原来那并不是黑色的蝴蝶，而是每一根腐朽木上，都密密麻麻地生长着小拳般大的木耳。

面对着木耳，我们再没有喊出声来，默默地做着长久的思想：这是怎么回事？这是向我们做着一种生命的显示呢，还是做着一种严肃的提问？古时的梁山伯和祝英台，生不能美满于世，死而化蝶双飞人间，这木耳，难道就是这栲树不死的精气而凝，生不能成材出坳，死也要物质不灭，化蝶飞出这个远僻的可怕的地方吗？这可怜可尊的木耳，腐朽的躯体里竟有了如此神奇的精灵!

　　我们面面相觑着，深深地感到了森林开发者的羞愧；小心翼翼地一片一片将木耳摘下，背下山去；下定了从未有过的决心：路再难修，也一定要修，让采伐队开进来，让机器开进来，让这闭塞的地方同外边的世界大同。天地自然有了栋梁的生长，就要让栋梁有其价值的用场啊!

　　路便重新修起来，一尺、一尺，千回百转，爬高伏低，一直向深山老林里延伸而去了。

　　堂兄留给了我一包木耳，看时，果然肉厚体大，形如黑色的蝴蝶。我舍不得食用，虽然那是明目健脑、补精提神之仙物；时时看着它，说不清对它的感情，是一种崇敬还是伤悲，是一种慰藉还是寄托，恍恍惚惚之际，写出这段文字，录下我此时此刻的心境。

　　　　　　　　　　　　　　一九八三年六月十日夜写于静虚村

读　山

　　在城里待得一久，身子疲倦，心也疲倦了。回一次老家，什么也不去做，什么也不去想，懒懒散散地乐得清静几天。家里人都忙着他们的营生，我便往河上钓几尾鱼了，往田畦里拔几棵菜了，然后空着无事，就坐在窗前看起山来。

　　山于我是有缘的。但我十分遗憾，从小长在山里，竟为什么没对山有过多少留意？如今半辈子行将而去了，才突然觉得山是这般活泼泼的新鲜。每天都看着，每天都会看出点内容；久而久之，好像面对着一本大书，读得十分的有滋有味了。

　　其实这山来得平常，出门百步，便可蹚着那道崖缝夹出的细水，直嗓子喊出一声，又可以叩得石壁上一片嗡嗡回音。太黑乱，太粗笨了，混混沌沌的；无非是崛起的一堆石头：石上有土，土上长树。树一岁一枯荣，它却不显出再高，也不觉得缩小；早晚一推窗子，黑兀兀地就在面前，午后四点，它便将日光逼走，阴影铺了整个村子。但我却不觉得压抑，我说它是憨小子，憨得可恼，更憨得可爱。这么再看看，果然就看出了动人处，那阳面、阴面，一沟、一梁，缓缓陡陡，起起伏伏，似乎是一条偌大的虫，蠕蠕地从远方运动而来了，蓦然就在那里停下，骤然一个节奏的凝固。这个发现，使我大惊，才明白：混混沌沌，原来是在表现着大智，强劲的骚动正寓以屑屑的静寂里啊！

　　于是，我常常捉摸这种内在的力，寻找着其中贯通流动的气势。但我失

45

望了，终未看出什么规律。一个山峁，一个山峁，见得十分平凡，但怎么就足以动目，抑且历久？一个崖头，一个崖头，连连绵绵地起伏，却分明有种精神在团聚着？我这么想了：一切东西都有规律，山则没有；无为而为，难道无规律正是规律吗?!

最是那方方圆圆的石头生得一任儿自在，满山遍坡的，或者立着，或者倚着，仄、斜、蹲、卧，各有各的形象，纯以天行，极拙极拙了。拙到极处，却便又雅到了极处。我总是在黎明，在黄昏，在日下、雨中，以我的情绪去静观，它们就有了别样的形象，愈看愈像，如此却好。如在屋中听院里拉大锯，那音响假设"嘶、嘶、嘶"，便是"嘶"声，假设"沙、沙、沙"，便是"沙"声。真是不可思议。

有趣的是山上的路那么乱！而且没有一条直着，能从山下走到山顶，能从山顶走到山底，常常就莫名其妙地岔开，或者干脆断去了。山上啃草的羊羔总是迷了方向，在石里、树里，时隐时现。我终未解，那短短的弯路，看得见它的两头，为什么总感觉不到尽头呢？如果将那弯线儿拉直，或许长了，那一定却是感觉短了呢，因为城里的大街，就给人这种效果。

我早早晚晚是要看一阵山上的云雾的：陡然间，那雾就起身了，一团一团，先是那么翻滚，似乎是在滚着雪球。滚着滚着，满世界都白茫茫一片了，偶尔就露出山顶，林木蒙蒙地细腻了，温柔了，脉脉地有着情味。接着山根也出来了。但山腰，还是白的，白得空空的。正感叹着，一眨眼，云雾却倏忽散去，从此不知消失在哪里了。

如果是早晨，起来看天的四脚高悬，便等着看太阳出来，山顶就腐蚀了一层红色，折身过山梁，光就有了棱角，谷沟里的石石木木，全然淡化去了，隐隐透出轮廓，倏忽又不复存在，如梦幻一般。完全的光明和完全的黑暗竟是一样看不清任何东西，使我久久陷入迷惘，至今大惑不解。

看得清的，要算是下雨天了。自然那雨来得不要太猛，雨扯细线，就如从丝帘里看过去，山就显得妩妩媚媚。渐渐黑黝起来，黑是泼墨地黑，白却白得光亮，那石的阳处，云的空处，天的阔处，树头的虚灵处……一时觉得山是个莹透物了，似乎可以看穿山的那边，有蓄着水的花冠在摇曳，有一只兔子水淋淋地喘着气……很快雨要停了，天朗朗一开，山就像一个点着的灯笼，凸凸凹凹，深深浅浅，就看得清楚：远处是铁青的，中间是黑灰的，近处是碧绿的，看得见的那石头上，一身的苔衣，茸茸的发软发腻，小草在铮棱棱挺着，每一片叶子，像长着一颗眼珠，亮亮地闪光。这时候，漫天的鸟如撕碎纸片的自由，一朵淡淡的云飘在山尖上空了，数它安详。

我总恨没有一架飞机，能使我从高空看下去山是什么样子，曾站在房檐看院中的一个土堆，上面甲虫在爬，很觉有趣，但想从天上看下面的山，一定更有好多妙事了。但我却确实在满月的夜里，趴在地上，仰脸儿上瞧过几次山。那是月亮还没有出来，天是一个昏昏的空白，山便觉得富富态态；候月光上来了，但却十分地小，山便又觉得瘦骨嶙峋了。

到底我不能囫囵囵道出个山来，只觉得它是个谜，几分说得出，几分意会了则不可说，几分压根儿就说不出。天地自然之中，一定是有无穷的神秘，山的存在，就是给人类的一个窥视吗？我趴在窗口，虽然看不出个彻底，但却入味，往往就不知不觉从家里出来，走到山中去了。我走月也在走，我停月也在停。我坐在一堆乱石之中，聚神凝想，夜露就潮起来了，山风森森，竟几次不知了这山中的石头就是我呢，还是我就是这山中的一块石头？

一九八二年四月二十九日作于夜静虚村

雪　品

冬日，我正在屋里读书，小女从外边跑回来，呜呜地哭。问之，说天太冷了，太阳都冻得脱斑了啊！我拉开窗帘，原来外边下雪了。这孩子，从南方接来后还未见过下雪，却倒有了这般想象：她说先以为是飞花，接住闻，无蕊无香，倏忽又全没有，便惶恐得叫起来。这雪片儿，今年偏来得这么早，虽然悄声悄息的，却浪浪的十分地轻狂，漫空都被搅得烦乱了。屋檐下无缘无故地就坠落了一层；有一些儿在窗前旋转，一时来，一时去，暗声敲磕，有影却总无形；一群儿竟从门缝偷偷地进来了，潜踪蹑迹的样子。巷子显得更窄；巷子外的河岸上，老树在无声地立着，不见了往日悠然自得的钓鱼船。邻户一家老农正弯腰在那块地上埋胡萝卜种，蓑衣乍起来，像是个白色的刺猬。

"浅儿，这是天在下雪呢。"

"下雪？"她第一次有了雪的概念，"天冷就下雪吗？"

"是的，下雪天能不冷吗？"

"爸爸，"孩子又问了，"天为什么要这么冷？天是什么呢？"

"爸爸不知道。"

"爸爸不是读书人吗？爸爸还不知道？"

我苦笑了：读书人只知道天在地的上边，地在天的下边；在上的有太阳，有月亮，有雷，有电；在下的有山川，有河流、鱼、虫、花、鸟，芸芸众人。它们是宇宙的一体，它们又平行相对。地上的水升蒸起来可以是天上云彩，载太阳东西往来，浮星月升降明灭，以此有了天，地上又有了依附，看月阴晴圆缺而消息，观日春夏秋冬而生死。但是，天一有不测风云，地便有旦夕祸福，说雨就雨，说雷就雷，地上只有默默地承受，千年如此，万年亦如此。但是，地上是苦难的，又是博大的，湖海可以盛千顷万顷的暴雨，树林可以纳千钧万钧的飓风，人的寿命是五十年、六十年，人却一代一代繁衍不绝。正是这样，仰天有象，俯地有法，天离不了地，地在天之下永存。也正是这样，天热了，地上树木便生出绿荫；天黑了，地上便有了蜡烛。冬日天冷，水可以结冰，冰下鱼照样活着。山可以驻雪，狐毛越发绒厚，花草树木可以枯死枝叶，根依然活着，即使枯死的枝叶，临死也不屈服，枝可以燃烧，发出火的热光，叶可以变红，红也是火的象征。那邻户的农人不是在地下埋上胡萝卜种，胡萝卜不也是红的颜色吗？做爸爸的读书人不是还在吟"红装素裹，分外妖娆"的诗文吗？

孩子太小了，不能理解我的话，我劝她天冷是不可怕的，落雪也是不可怕的，天上愈是冷，地上愈是有热；天上愈是发白，地上愈是有红，何不去寻那些热的、红的东西呢？小女出去，果然又回来了，手里举着一束梅花，开得妖妖的。

"爸爸，我寻着红了！"

孩子是跑到河岸上去采的，亏她这么用功，跑得大口喘息，满头冒气，脸蛋热烫得通红。我说："喔，浅儿的脸也是一团火啊！"

孩子乐了，直嚷道她不冷了，就在院子里捧了一堆雪回来，要叫我在炉子上烧死。我便装在缸子里煨火烹茶，顿时便成了一堆清水。

一九八三年一月五日写于夜静虚村

坐　佛

　　有人生了烦恼，去远方求佛，走呀走呀的，已经水尽粮绝将要死了，还寻不到佛。烦恼愈发浓重，又浮躁起来，就坐在一棵枯树下开始骂佛。这一骂，他成了佛。

　　三百年后，即一九九二年冬季，平凹徒步过一个山脚，看见了这棵树，枯身有洞，秃枝坚硬，树下有一块黑石，苔斑如钱。平凹很累，卧于石上歇息，顿觉心旷神怡。从此秘而不宣，时常来卧。

　　再后，平凹坐于椅，坐于墩，坐于厕，坐于椎，皆能身静思安。

一九九四年五月十五日午

晚　雨

　　来时，太阳依然照红，天与地平行着，呆呆地，可望而不可即。现在是有云了。是的，呆望久了就生感应，云是地上的水追逐天上的太阳所致呢，还是天上的太阳爱恋了凹地却掩了脸面的羞赧和无奈的忧郁？云在涌动着，云在急急地酝酿。我知道，这酝酿得已经太久太久了，终没有交汇成雨落下来，如果云真是那一位洛神，伴着凤凰，乘着祥瑞，旋即又飘逸而去，这天地还要等待着一尽苍老吗？

　　不不，这一次雨下起来了，云沉重得不可忍耐，如龙门里的黄河水一样哗哗啦啦下来了！

　　多么感谢这一场雨，原本可以乘车而行，偏要徒步淋着，虽然夜黑如墨，到处有狼与鬼魅。远远有什么光亮倏忽闪过，却看见了无数的雨脚在身前脚后，是别一种的花放。两年前坐船过龙门，铜汁般的黄河水面翻涌着牡丹样的涡纹，我快活得说是踏上了华贵地毯，今晚的花放，是地毯的铺延而至的境界吗？应该歇一歇，近旁恰有一座小屋；屋檐下立定了，雨下得更大，看檐雨如帘，幽光里这正是如丝如玻璃的帷幔吗？爱这晚雨，也爱这晚雨中的屋檐，动了手去拾檐雨，湿软可人，悄声道一声好雨知时节，风即将雨散成珍珠，扑淋得满头满脸，发也乱了，衣也乱了，伸出舌接雨，接住一条了狠劲地吮，恨不得拔了两根。周身的细胞全膨胀了，瞬间里耳目全失，生命粉碎，唯感觉活着，感觉到世界原来是这么小，小到如一颗桃子！啊，桃子红软，夸父就并不会死去，那拐杖而生的邓林里，有桃子解渴解救了。瞬间里柔弱不起，听见了伟大的一个静里的胸中的心，听见了屋檐上的呢呢颤吟。哦，屋檐上是有两只鸟的，一根绳索上相偎相依。这是一对夫妇在观晚雨的吗，是雨时而来才恰恰两个歇聚一起，它们在说什么，感觉着一种缘分在雨晚里实现吗？恍惚里我也觉得数百年前，在世界的另一个什么地方，这屋檐下与我有一笔冤债未还了。

雨下得又一阵紧了，黑暗里一切都在放肆开来，路旁的杨树鼓掌，一声儿啪啪啦啦，白日里泛着暗红的垂柳或高或低或宽或窄地变态，蚯蚓在鸣，蚂蚁在叫。望着黑际中还有着的两颗星子，竟然还有星子，是别的什么吗，并不大的，但美丽绝伦，忽隐忽现。这肯定是佛眼，喜悦如莲。那一年去韩城山塬，看见过枝丫交错丰腴温柔的柿树，我曾称之为树佛，企盼着自己有一日幻变小鸟落进去承受它的色容，今晚却第一次感受了佛眼与我这么近，这么地亲！

且听，高高的空中有雷在响了，有电在闪了。今晚，天地是交汇了，雨才下得这么大，才有它们欢乐的雷电。我活在这个天地里，多么祝福着这太长久的渴旱后的这一晚。是感叹着这一场晚雨，是晚了，来得晚，但毕竟这雨是来了，咽下一切遗憾，就永远永远记住这一个雨晚。

天到底是天，地到底是地，雨又住了，天地又分开平行。替天地说一句蓝桥上的话："且将这身子寄养着别处，让每一晚月亮出来做眼，你看着我吧，我看着你吧。"默默地在夜里去，我也想，古时的意念中，天是龙的世界，羊是地的象征，一个是神圣一个是美丽，合该是要连缀的，它们不结合，大自然就要干渴，雨是必下不可的。那就等再一场雨吧！或许有着长长久久的雨会下得没时没空没来没去没黑没白，天地再不平行而苍茫一片，那时我们不要盘古，永远不要盘古！

辛未七月七日记

太阳路

小的时候，我们最猜不透的是太阳。那么一个圆盘，红光光的，偏悬在空中，是什么绳儿系着的呢，它出来，天就亮了，它回去，天就黑了；庄稼不能离了它，树木不能离了它，甚至花花草草的也离不得它。那是一个什么样的宝贝啊！我们便想，有一天突然能到太阳上去，那里一定什么都是红的，光亮的，那该多好，但是我们不能；想得痴了，就去缠着奶奶讲太阳的故事。

"奶奶，太阳是住在什么地方呀？"

"是住在金山上的吧。"奶奶说。

"去太阳上有路吗？"

"当然有的。"

"啊，那怎么个走呀？"

奶奶笑着，想了想，拉我们走到门前的那块园地上，说：

"咱们一块儿来种园吧，你们每人种下你们喜爱的种子，以后什么就会知道了。"

奶奶教了一辈子学，到处都有她的学生，后来退休了就在家耕务这块园地，她的话我们是最信的。到了园地，我们松了土，施了肥，妹妹种了一溜梅豆，弟弟种了几行葵子，我将十几枚仙桃核儿埋在篱笆边上，希望长出一片小桃林来。从此，我们天天往园地里跑，心急得像贪着嘴的猫儿。十天之后，果然就全发芽了，先是拳拳的一个嫩黄尖儿，接着就分开两个小瓣，肉

53

肉的，像张开的一个小嘴儿。我们高兴地大呼小叫，奶奶就让我们五天测一次苗儿的高度，插根记标棍儿。有趣极了，那苗儿长得生快，记标棍儿竟一连插了几根，一次比一次长出一大截来；一个月后，插到六根，苗儿就相对生叶，直噌噌长得老高了。

可是，太阳路的事，却没有一点迹象。我们又问起奶奶，她笑了："苗儿不是正在路上走着吗？"

这却使我们莫名其妙了。

"傻孩子！"奶奶说，"苗儿五天一测，一测一个高度，这一个高度，就是一个台阶；顺着这台阶上去，不是就可以走到太阳上去了吗？"

我们大吃一惊，原来这每一棵草呀、树呀，就是一条去太阳的路吗？这通往太阳的路，满世界看不见，却到处都存在着啊！

奶奶问我们："这路怎么样呢？"

妹妹说："这路太陡了。"

弟弟说："这路太长了。"

我说："这路没有谁能走到头的。"

奶奶说："是的，太阳的路是陡峭的台阶，而且十分漫长，要走，就得用整个生命去攀登。世上凡是有生命的东西，都在这么走着，有的走得高，有的走得低，或许就全要在半路上死去；但是，正在这种攀登中，是庄稼的，才能结出果实，是花草的，才能开出花絮，是树木的，才能长成材料。"

我们都静静地听着，站在暖和和的太阳下，发现着每一条路和每一条路上攀登的生命。

"那我们呢？"我说，"我们怎么走呢？"

奶奶说："人的一辈子也是一条陡峭的台阶路，需要拼全部的力气去走。你们现在还小，将来要做一个有用的人，就得多爬几个这样的台阶，虽然艰难，但毕竟是一条向太阳愈走愈近的光明的路。"

54

一九八二年六月三十日追记于静虚村

一只贝

　　一只贝，和别的贝一样，长年生活在海里。海水是咸的，又有着风浪的压力；嫩嫩的身子就藏在壳里。壳的样子很体面，涨潮的时候，总是高高地浮在潮的上头。有一次，它们被送到海岸，当海水又哗哗地落潮去了，却被永远地留在沙滩，再没有回去。蚂蚁、虫子立即围拢来，将它们的软肉啮掉，空剩着两个硬硬的壳。这壳上都曾经投影过太阳、月亮、星星，还有海上长虹的颜色，也都曾经显示过浪花、漩涡，和潮峰起伏的形状；现在它们生命结束了！这光洁的壳上还留着这色彩和线条。

　　孩子们在沙滩上玩耍，发现了好看的壳，捡起来，拿花丝线串着，系在脖项上。人都在说：这孩子多么漂亮！这漂亮的贝壳！

　　但是，这只贝没有被孩子们捡起。它不漂亮，它在海里的时候，就是一只丑陋的贝。因为有一颗石子钻进了它的壳内，那是个十分硬的石子，无论如何不能挤碎它；又带着棱角；它只好受着内在的折磨。它的壳上越来越没有了颜色，没有了图案，它失去了做贝的荣誉；但它默默的，它说不出来。

　　它被埋在沙里。海水又涨潮了；潮又退了。它还在沙滩上，壳已经破烂，很不完全了。

　　孩子们又来到沙滩上玩耍。他们玩腻了那些贝壳，又来寻找更漂亮的呢。又发现了这一只贝的两片瓦砾似的壳，用脚踢飞了。但是，同时在踢开的地方，发现了一颗闪光的东西，他们拿着去见大人。

　　"这是什么东西？"

"这是珍珠！嗨，多稀罕一颗大珍珠！"

　　"珍珠？这是哪儿来的呢？"

　　"这是石子钻进贝里，贝用血和肉磨制成的。啊，那贝壳呢？这是一只可怜的贝，也是一只可敬的贝。"

　　孩子们重新去沙滩寻找它，但没有找到。

作于一九八三年二月二十一日夜

树　佛

树　佛

　　我称柿树为佛，柿树嫁接了结果，如女子成熟少妇乃渐入渐老之境。

　　这佛在北方的山峁存生，山峁不平，随势筑形。远看浑然椭圆，恍惚疑涌地而起若峁上之峁，又如天外飞来，浮聚了一堆浓云，这是佛的雍雍体态了。再远看黑粗的主干恰与细微的梢枝组合，叶脉的枝条辐射为扇面，枝梢分丫，这是佛的柔柔千面手了。再远看梢丫错综复杂，在天的衬景上如透雕又如剪纸，天成了撕碎的白纸虚幻衍化，这是佛之煌煌灵晕了。再远看，再远看，倏忽纳嚣风而使其寂然消声，骤然吸群鸟而又轰然释放，这是佛的浩浩法度了。

　　树而为佛，树毕竟有树的天性，它爱过风流，也极够浪漫，以有弹性的枝和柔长的叶取悦于世。但风的抚摸使它受尽了方向不定的轻薄，鸟的殷勤使它难熬了琐碎饶舌的嚣烦。北方旱水，北方不宜桃李。要经见日月运转四季替换，要向往高天听苍鹰鸣唤，长长的不被理解的孤独使柿树饱尝了苦难，苦难中终于成熟，成熟则为佛。佛是一种和涵，和涵是执着的极致，佛是一种平静，平静是激烈的大限，荒寂和冷漠使佛有了一双宽容温柔的慈眉善眼，微笑永远启动在嘴边。

　　佛以树而显身了，难道为着的是瘠贫的山峁？为着的是委琐了的农人？

　　有树佛存在，大美便在了世间。

　　阿×，你知道吗，在黄河龙门的东岸山塬上，我第一次觉悟到了柿树的佛，感受了从未有过的神圣和亲近啊！

　　　　　　　　一九八九年十一月十四日

文　竹

　　离开我的文竹，到这闹闹嚷嚷的城市里采购，差不多是一个月的光景了。一个月里，时间的脚步儿这般踟蹰，竟裹得我走不脱身去，夜里都梦着回去，见到了我的文竹。

　　去年的春上，我去天静山上访友，主人是好花的，植得一院红的白的紫的，然而，我却一下子看定了那里边的这盆文竹了。她那时还小，一个枝儿，一拃高的上来，却扁形地微微仄了身去，未醉欲醉的样子，乍醒未醒的样子。我爱怜地扑近去，却舍不得手动，出气儿倒吹得她袅袅浮拂，是纤影儿的巧妙了，是梦幻儿的甜美了。我不禁叫道："这不是一首诗吗？"主人夸我说得极是，便将她送与我了。从此我得了这仙物，置在我的书案，成为我书房的第五宝了。她果然的好，每天夜里，写作疲倦了，我都要对着那文竹坐上片刻：月光是溶溶的，从窗棂里悄没声儿地进来，文竹愈觉得清雅，长长的叶瓣儿呈着阳阴；楚楚的，似乎色调又在变幻……这时候，我心神俱静，一切杂思邪念荡然无存，心里尽是绿的纯净，绿的充实。一时间，只觉得在这深深的黑夜里，一切都消失了，只有我了；我也要在这深深的夜里化羽而去了呢。

　　她陪着我，度过了一个春天，经过了一个冬天，她开始发了新枝，抽了新叶，一天天长大起来，已经不是单枝，而是三枝四枝，盈盈的，是一大盆的了。我真不晓得，她是什么精灵儿变的，是来净化人心的吗？是来拯救我灵魂的吗？当我快乐的时候，她将这快乐满盆摇曳；当我烦闷的时候，她将这烦闷淡化得是一片虚影，我就守在她的面前，弄起笔墨，做起我的文章了。人都说我的文章有情有韵，那全是她的，是她流进这字里行间的。啊，她就是这般的美好，在这个世界里，文竹是我的知己，我是再也离不得她了。

然而，我却告别了她，到这闹市里来采购，将她托付养育在隔壁的人家了。

这人家会精心养育吗？他们是些粗心的人，会把她一早端在阳光下晒着，夜来了，会又端着放在室里吗？一天可以办到，两天可以办到，十天八天，一个月，他们会是不耐烦了，把她丢在窗下，随那风儿吹着，尘儿迷着，那叶怕要黄去了，脱去了，一片一片，卷进那猪圈牛棚任六畜糟蹋去了。那么，每天浇一次水，恐怕也是做不到的，或许记得了倒一碗半杯残茶，或许就灌一勺刷锅水呢。那文竹怎么受得了呢，她是干不得的，也是湿不得的，夕阳西下的时候，托一碗水来，那不是净水，也不是溶着化肥的水，是在瓶子里沤了很久的马蹄皮子的水，端起来，点点滴滴地渗下去的呢……

唉，我真糊涂，怎么就托付了他们，使我的文竹受这么大的委屈啊！

采购还没有完成，身儿还不能回去，愁得无奈了，我去跑遍这城的所有公园，去看这里的文竹。文竹倒也不少，但全都没有我的文竹的天然，神韵也淡多了，浅多了。但是，得意洋洋之际，立即便是无穷无尽地思念我的文竹的愁绪。夜里歪在床头，似睡却醒，梦儿便姗姗地又来了。但来到的不是那文竹，是一个姑娘，我惊异着这女子的娟好，她却仄身伏在门上，抖抖削肩，唧唧嗒嗒地哭泣了。

"你为什么哭了?！"我问。

"我伤心，我生下来，人人都爱我，却都不理解我，妒忌我，我怎么不哭呢？"她说，眼泪就流了下来。

哦，这般儿的女子处境，我是知道的：她们都是心性儿天似的清高，命却似纸一般的贱薄，峣峣者易折，皎皎者易污啊。

"他们为什么这样？他们为什么要这样?！"

我却淡淡地笑了：

61

"谁叫你长得这么美呢？"

她却睁大了眼睛，定定地看着我，有了几分愤怒：我很是窘了。她突然说：

"美是我的错吗？我到这个世上来，就是来作用、贡献美的。或许我是纤弱的，但我娇贵，但我任性，我不容忍任何污染！"

我大大地吃惊了：

"你是谁，叫什么名字？"

"文竹！"

文竹？我大叫了一声，睁开眼来，才知道是一场梦了。啊，是一场梦呢?! 往日的梦醒，使我空落，这梦，却使我这般地内疚，这般地伤感呢？我沉吟着，感到我托付不妥的罪过，感到我应该去保护的责任；我一定是要回去的了，我得去看我的文竹了。

一九八一年一月二十日作于静虚村

拓片闲记

    安康友人三次送我八幅魏晋画像砖拓片，最喜其中二幅，特购大小两个镜框装置，挂在书屋。

    一幅五寸见方，右边及右下角已残，庆幸画像完整，是一匹马，还年轻，却有些疲倦，头弯尾垂，前双足未直立，似作踢踏。马后一人，露头露脚，马腹挡了人腹，一手不见，一手持戟。此人不知方从战场归来，还是欲去战斗，目光注视马身，好像才抚摩了坐骑，一脸爱惜之意。刻线简练，形象生动，艺术价值颇高。北京一位重要人物，是我热爱的贵宾，几次讨要此图，我婉言谢拒，送他珊瑚化石一座和一个汉罐。

    另一幅是人马图的三倍半长，完整的一块巨砖拓的。上有一只虎，造型为我半生未见。当时初见此图，吃午饭，遂放碗推碟，研墨提笔在拓片的空余处写道："宋《集异记》曰：'虎之首帅在西城郡，其形伟博，便捷异常，身如白锦，额有圆光如镜。'西城郡即当今安康。宋时有此虎，而后此虎无，此图为安康平利县锦屏出土魏砖画像。今人只知东北虎、华南虎，不知陕南西城虎。今得此图，白虎护佑，天下无处不可去也。"友人送此图时，言说此砖现存安康博物馆，初出土，为一人高价购去，公安部门得知，查获而得，仅拓片三幅。为感念友人相送之情，为他画扇面三个。

一九九六年十月记

玩物铭

序

　　我不是一个收藏家，也反感那些收者藏者：或迷醉得变态异化；或营营逐利，以聚钱财；或装饰门面，以显高雅。我的那些东西，纯系玩儿的。值钱的不一定就陈列在文博柜里，不值钱的也不一定胡掷乱扔。它们作用于我，完全是玩赏的。古人曰：玩物丧志。我也是常在检点我的堕落的，佢我确实没有。且慢慢倒悟到一些道理：玩风筝的是得不到心身自由的一种宣泄吧，玩猫的是寂寞孤独的一种慰藉吧，玩花的是年老力衰而对性的一种崇拜补充吧。我在我的书房里塞满这些玩物，便旨在创造一个心绪愉快的环境，而让我少一点俗气，多一点艺术灵感。为什么不去写些重大题材的"严肃"的作品而为玩物志铭呢？这或许是害怕来客翻动这些东西而表示反对的声明，也或许是为家人所写，因为家人总以房间杂乱而几次将这些东西扔进过垃圾箱，也或许是弄文的人的无聊了。

一、汉罐

　　这确实是个汉罐。陶质的，高二十七厘米，长颈胖肚。肚的上部有一圈图案，似麒麟又非麒麟，据说是龙的子孙的一种，但名字我还未查出。

　　七八年前的时候，一位女子与我关系尚好，她去关中乾县下乡，回来与我谈乡间生活，说，那里修"大寨田"挖了许多墓，墓里有无数的罐，农民将完整的带回作了尿盆，破坏的大片苦了院墙头，小片的就堆在茅房角供拉屎后揩屁眼儿（揩过屁眼儿的肮脏罐片，经雨淋后又复干净，再可揩用，以致长此以往，这罐片就老堆在茅房角）。当时，城里还没有重视地下文物风气，乡下更不知这瓦罐的好处，且关中黄土之下埋有十三个帝王墓陵，王公贵戚的坟丘更不计其数，随时老牛拉犁就会翻出一些古时的东西来。这种不稀也便不罕的现象，如同在海南一带，谁还觉得橘子香蕉是老年病人和幼儿才能享受的仙品吗？我那时也不知它的价值，只想象其本质本色的一定好玩，就说："你再去，拣一个完整的给我抱回来。"她果然就抱回一个了。

　　罐子从此就一直放在我的书架上。

　　有一位识货的人到我这里，要我给他写一幅字。我说我的字不好，只要肯要就写吧。他很高兴，说一定要裱的，要珍藏的，末了要走时，却叮咛我："你得好好写文章啊，将来一定要当个大作家！"我说："我是卖文换烟抽的，或许明日就搁笔了。"他严肃地说："那怎么行？那我收藏你的字分文也不值了！"我好生气。就在他出门的时候，突然往我书房一望，看见了这瓦罐，他眼光就直了，叫道："哈，你有汉罐！哪儿弄到的？这可是值钱东西啊！要是地震，你什么家具也不要抢，抢这个罐子什么都有了。有机会到香港去，你瞧着吧，房子、财产、靓女……"我把他推出门，心里说：我刚才给你写的那幅字权当上大街让小偷窃去了五角钱！

　　也从那次起，我知道了我的瓦罐是个汉货。汉代距今是古远的了，它确确实实是件文物啊。在夜深人静，一个人伏案写作，很熬煎了，就常常看着这罐。不知怎么，它就给我一种力的感悟，当有人送过我一个景泰蓝也放在那儿，这种感悟就十分强烈。它简拙而大度，景泰蓝于它太小气，三彩马于它太华贵，以致后来到霍去病的墓前看了石雕，我是认识了什么是汉代，也认识到民族文学艺术的精华是汉而不是唐，也多少怀疑起今人强调"时代精神"，而时代精神并不是强调所致，恰是一种自然而然的文化现象啊。也应该说，我的文章也是以这瓦罐而由阴柔纤巧渐变为古拙旷达了。

　　但遗憾的是，那位曾经与我关系友好的女子，因为别人的一篇特写的文章而与我反目起来。那特写里曾涉及过这个瓦罐，她断然否认了，且说了许多难听的话，干了许多伤情的事，甚至要控告我到法庭。我一直在缄默，忍受这种人心变异的痛苦，也准备到了法庭上示出这瓦罐的证据。这却使我十分作难，人去物在，这瓦罐已与我有深厚感情啊，万一在法庭以它示证，那女子竟要物归原主该如何是好？故我打消了示证的念头，宁愿承受一切法律制裁了。

二、绥州拓片

"山环水匝古绥州，一片晴光碧树秋，□□□□□□落，寒烟淡月当悠悠，彳亍西塞柱节龙，半帧明霞横远峰……五百年前乘鹤到，文屏依旧白云封。"

这是一面石刻，我看到的时候，是在绥德古城文化馆的展室里。前几年，碑子就已经破裂成三块，还一直在一座倒塌的庙宇泥土中埋着，偶尔农民拉土挖了出来，才发现是一面失落已久而多年搜寻的珍品。

碑文字迹了了，为明朝大书法家张三丰所写。张氏，世称仙人，一生放荡不羁，多留题咏于名山胜迹，曾漫游至绥州，路经天宁寺山门楼壁，一时书兴大发，便题此二截句于楼墙之西。据说当时无笔无墨，仙人随地拾起一片西瓜皮，信手写来。故笔锋没有毫墨圆润，但字态生动，意境深远，每字刚强洒脱，全句布局得当，今观之情随字出，笔笔令人赞绝。多少后人学者临摹，要不笔画滞涩，要不布局失例，虽有相似者，其势其韵相去甚远矣。

鸡年七月三十日，我去绥德，一见此碑，愈看愈醉，不可移步，便拓片而成，带回置于书房。然而深为遗憾的是第三句字迹失落，不曾拓出，哀叹长年失落没人修复，使这珍品不能复还原状了。

后，于书房揣玩，发觉碑文下方，有一片幽幽字迹，因极小又模糊不清，一直未能细辨，经多日考究，方知是立碑论文。原来此碑竟还有一段来历。立碑记上写道："天宁寺门楼建于乾隆十三年，于今不过二十余年，且寺近城郭，游人累累，不闻有见者。癸未仲夏，予尝登斯楼而观剧，亦未听之或睹也。丙戌北上后，即客游吴楚六七载，其间尝一归省，犹无谈及者，辛卯春，复自南而北，与乡人同集燕台，酒阑夜话，始闻其略，余心奇之而以未能目击为憾。昨岁潦倒归里，几急急忘之。今春友人招饮寺中，乃共登楼而快睹之，其诗词字法真仙笔也。但首章第三语已为漏痕侵蚀数字……"

读完碑记，方知此碑奇而又奇，许多思绪，久之想之，多少不解，又多少意会，又多少不能言出。感激这断句精美，实为绥州写照，亏得张仙人以瓜皮留下，又感激立碑人将这诗词字法摹勒，而永留于世，却也惆怅这诗词若不被张仙人字书，何以得之？这字书若无立碑人摹勒，何以得之？这石碑若无文化馆人发掘，何以得之？

又后，绥德文化馆一友到我书房，他学识渊博，对考古颇有研究，我们又谈起这石碑拓片。我提疑问道："张三丰是明人，立碑记上讲，此天宁寺楼建于乾隆，那字怎么会写在西墙？"

友人说："要不怎么是仙迹呢？它得仙于在天，寄身于尘世，所以谁也不知此字写于何年何月。而立碑人所以购砾石勒于其上，是恐神物通灵，寻当破楼壁飞去，才摹而存之，以为山水之一助也。"

我说："竟会破楼壁飞去？"

友人说："可不就飞去了第三语！大凡杰人圣事，世上不可多得，稍不留意，或许就埋没，或许就糟蹋了，这如同你们作文的灵感一闪即逝啊！"

我说："既要摹而存之，那第三语已为漏痕，何不拟而补之，岂不更好吗？"

友人说："不然，西北东南天地且有缺陷，仙迹所遗得毋类是也。"

我觉得说得极是，深深感到自己浅薄了。遂在这拓片背面贴一纸条，上面书写了这一对话，末了又写道：世上万物，既然能存在，必有赖以存在之价值。河中石片，有的可雕香炉，置于案头香火缭绕，有的则做茅房垫石，供肮脏臭气熏蒸。各有用处，用处不同，但不分高下，其本质都是一样呢。虽璞中有玉不纯，但无璞则玉无所依。满月为月，缺月亦为月。如果因玉在璞中而弃则便不可得玉，缺月而否定是月，则每月只有一夜明朗。如此推论，人为万物之首，为何不是如此呢？

三、铜镜

乙丑岁末，我回了三天老家。第一夜同村人拥火炉闲谈，问起本家的一个远房侄子状况，旁边人说："那小子发了，该他正走运的！"我说："走什么运就发了？"回答说："盖了三间房，够可以了吧！可偏偏挖房基时挖出一个银镜来，听说有三两半呢，这就值钱了。"我当时也很惊奇，说："什么样，好玩吗？"那人说："他不让外人看的，好多的银货贩子缠他呢。"

第二天一早，我就去侄子的新屋找他。新屋是造在小河桥的西头，坐北朝南，其时太阳才出，屋前的土场上一片光亮。这地方原是我家的饲料地，我在家的时候在上边耕种过七年。从未记忆过那里有什么坟茔，也曾翻过好深的土层，怎么他就会挖出银镜呢？我站在那里，瞧见他们的门还关着，正待叫喊，隔壁的一位嫂子说："你要找××吗？昨日夜里，小两口吵到鸡叫，怕是乏了，要睡到中午才开门吧！"我只好耸耸肩走开，想下午再去看镜。

下午去，这侄子却出门了。他媳妇倒热情，但说起银镜一事，却全然推说不知。我明白她是怕我索去银镜，而又是本家不但不好要钱。我声明说："我来看一看，若觉得好玩，我掏钱买，你要多少钱我给多少钱！"那媳妇就笑了，说："是有这个东西，可××自个儿保存着。几个银匠和贩银货的来买，一两出三十三元的，我是不愿意卖的，得给孩子留个传家宝啊！"我笑了笑，也说："那好吧，××回来了，就说我来过，让他到我家夹一趟。"就走了。

直到晚上，××没有来。

第二天清早，我耐不住又去找他，他刚刚起来，正端了尿盆往门前的一丛葱根上浇，老远就说："昨儿半夜我才回来，我才说要去看你的！"我说："你怕是不愿意让我看那银镜吧？"他说："哪里，今儿原本带银镜去镇上的，说是你要看的，我就不去了。"他告诉我，他准备去镇上，是和一个银匠约好的。"你回来得真及时，要不就脱手了！"接着就朝屋里喊："把那东西拿出来，让大大看看！"媳妇过会儿出来，手里拿着一个红布包。我打趣说："昨儿你不是说××自个保存着吗？"媳妇很窘，但立即笑着说："大大要作践我了！"红布包打开，里边果然是一块银镜，茶碗口大的，面上微微突凸，背后有一系绳的小疙瘩，围着小疙瘩有一图案，八角形，有四角为蝙蝠状，有四角一为"兰"，一为"主"，一为"亰"，一为"王"，不知所云。而正反两面除了绿锈外，银光闪闪，抚之腻而如肤脂。我在古书上曾读过银镜一说，也知道古代战袍上的护心镜，遂大感兴趣，说："卖给我吧，要什么价？"侄子很为难，先是不肯出售，后就说："你真想要，你说呢？"我说银匠和贩银货的给多少，我比他们多十元怎样？侄子就同意了。

一手交钱，一手拿货，这银镜就装在我口袋里了。我问起是怎么发现的，他说他挖房基，一镢头下去，吭的一声，以为碰上石头了，再一挖，却挖出个罐子来。"罐子里有十五枚铜钱，还有这个银镜。别的什么都没有。"我忙问："那个罐子呢？"他说："乡政府一人说他养花没有盆，拿去养花了。""铜钱呢？""县文化馆一人买了去，一枚给了二角钱。"我连声叫苦，也暗暗庆幸这次回家回得是时候。

这银镜便挂在我书屋的东墙上。

一般来人，都喜欢观赏我的玩物的，初见这银镜都极感兴趣。很快外边说我得了一件宝贝，如何光可鉴人，如何价值连城。于是，我的张狂也就来了，一来客就指着夸显，又只能看不能动，然后大讲获得它的结果，竟说：这件文物若说是我买来的，不如说是它一直等待着我的。又以搞创作的虚构性描述这镜如何避邪，挂在墙上，犹如老家人的门框上嵌块玻璃一样，有半年未得病疾，夜里未做噩梦，文章也写得清丽了。

三个月后，一个文物鉴赏家突然到我家，说是欣赏欣赏那银镜的。正当我眉飞色舞讲述时，他大声说："这是民国初年的铜镜！"我大惊，问何以见得？他说："镜面生绿锈，这便是铜，只是镀以银色罢了，镜背面有螺旋纹，是机械加工痕迹。"我便用锥子狠戳银面，果然下面尽是黄色。

这镜当然还挂在书房墙上，但来了客我再不嚣张了。

69

四、古琵琶

我叫它是古琵琶，其实是一块朽榆木根。我这么称号着，已经使许多人信以为真。因为它太像一柄琵琶，即使还未能装上丝弦，便叩之它的任何一个部位皆声响清脆，悠悠长韵。

丙寅年初，我去周游至仙游寺，其山曲水曲之地，曲到极致，便形成了一块四分之三临水的孤岛，岛上就是仙游寺。寺院已废，唯有一塔上大下小，岌岌可危。据史载，唐白居易写《长恨歌》就在此处。我去后，临风抚塔，万端感慨，就踽踽踏沙滩而行，遥想当年悲歌一曲的情景，不想就碰着这朽榆木根了，遂大叫：琵琶！后就在村子里将所买的一袋红薯扔掉，把这琵琶带回来了。

琵琶在我的书房里，一直是平放在桌子上的。我曾设计过为它装三道丝弦，是六颗钉子拉三条铁丝，但后来又否定了，什么也不装，我叫它是无弦琴。这一年，我有许多困扰的烦恼，活得实在累了，星期天就邀一些文友来以茶代酒，听琴赏乐。酒不醉乐醉，乐不醉人醉，一直默坐半响，皆说：好酒，好乐。妻进来笑骂：皇帝新衣，自欺欺人！遂将无弦琴扔在地上。不想裂出一道缝来，竟从缝里掉下一块赭石，酷似心形。原是这琴把里嵌着一河石，我以前却未发现。自此这琴再也听不出什么韶乐来了，而石头则放在书架上，我起名为心石。

五、砚台

我有四个砚台，一是洮砚，两个"活眼"；一是五台砚，牛形的；一个是蓝田砚；一个是大理砚。来人皆把玩不已，稍识书法的，不免磨墨试用。这个时候，我是默默示出一块砖砚的。这砖砚十分粗糙，无雕刻，亦无匣盒，砚池也是用刀子随意挖凿的。可来人都不肯用它，以为丑陋。我将墨在每一个砚台里磨了，待到饭后大家再作书时，别的砚台墨汁凝固，唯砖砚依然如故，才刮目相看这砖砚了。我说："以形取物，这便是人的错误。也正是如此，这砚台才久经辗转到我手里啊！"

十年前，一个朋友见我爱字，便送给我这个砚台。说是其姨家的。姨父在世时用过，姨父死后，家人就弃在屋角的杂货筐里了。又二年，我同这位朋友去他的姨家，扯起砚台，姨母说，那砖砚是姨父到李家村下乡，瞧见是用着垫菜罐底的就拿回来了。李家村住有我一位亲戚，少儿时常在那村里玩，也大致知道早年村中出了一个私塾先生。在我的记忆中，依稀想起他的模样，个头很高，很瘦，有一撮淡黄的胡子，每一个春节，村人要拿上香烟托他写对联，写中堂，家有老人临终时，就背了二斗苞谷的褡裢去请他写铭旌。由此揣测，这砖砚一定是他家的了。果然前三年夏天，这亲戚到我处来，我问起那私塾先生，亲戚说，人早在"文化大革命"中死了，当时红卫兵抄家，抄走了好多砚台和书本，在他家门口当众砸毁和焚烧了。私塾先生无后人，死后房屋作了生产队公房，一些不值钱的小么零碎也尽被村人拿光。想来，这砖砚肯定也是私塾先生的用物了，可能粗糙丑陋，未被红卫兵看中，故在砸砚焚书中免遭了大难。

今将砖砚细细察看，可见背面是一种布纹状，石下方有一深槽，其中刻有"官近张"的字样，"张"字只有一半，下边还有什么字，不可得知。查询了一些人，认为这可能是一页什么人的墓砖，而砖发现时已破裂，是用锯取开来的。这推断是否正确，事实是不是如此，我不敢妄下结论。既然这样，这砚是别人从墓中挖出制成送给私塾先生的呢，还是私塾先生自己挖掘所制？

无论如何，这砖砚现在是我极珍贵的玩物了，我以刀子在上面刻了"不眠斋"。

六、酒壶

得到这把酒壶时，同时还得了一个水烟袋，一个葫芦。水烟袋是白铜的，工艺极其精致，在我所见过的水烟袋里，属叹为观止之物。大前年父亲六十寿辰，我送给他老人家了。据父亲讲，那烟袋在村里甚为轰动，家里每日都有人吸用的。为了让村中老人都能享受一番"饭后一锅烟，活似做神仙"，每月家中要多买五斤兰州板烟丝的。葫芦是小到极点的一个玩意儿，上凸下凸，中间瘦细，上有一硬把儿，弯曲到了恰好。看上去，色黄中

71

透白，如骨质，敲之叮叮作响。我从未将它启开，它始终给我的是一个神秘的成语："不知葫芦里卖的什么药？"这酒壶呢，几乎和葫芦一般大小，属宜兴壶一类。放它在案几上，有时瞧着，极像一个风度翩翩的电影大导演，因为它那弯把儿的壶盖，确像一顶导演帽。有时瞧着，像是一位肥乎乎的小媳妇，一手叉了腰，一手指点着什么，因为很肥胖，本来一种很讨人嫌的恶媳妇的形象却使人产生一种十分滑稽的效果而可爱了。

我是一个嗜酒好厉害的人，家里有几套酒具。平日来人，我们是用大酒壶的，而独自一人时，我就在这小酒壶里盛了酒，一边写文章，一边端起酒壶抿一口，一个中午四个小时过去，一篇文章草成，那酒壶里的酒就喝四个小时。因为心思迷醉于文章上，也从未注意过这小小酒壶怎么能喝够四小时？后有一位久年不见的朋友来，我们用起这小酒壶，喝过半晌，朋友就疑惑地看起这酒壶来，说："壶里怎么还有？"我当时也吃惊了。遂想起古戏上有美人盅，一喝酒就能见盅里美人舞蹈；有蝴蝶杯，一对饮四季有蝴蝶飞来，就笑着说："喝吧，这是'海壶'！"

于是，我家有"海壶"之说就传开来，但凡朋友来喝酒，一定嚷着用"海壶"盛酒，果然都喝得十分尽兴。但一旦说："完了！"那酒真个也就没有了。这怕是天机不可泄露吧？

一日，大人都上班了，小女儿从幼儿园回来，冰柜里放有酸梅汤，她怕不够喝，就将酸梅汤倒在小酒壶里独饮。没想手未捉紧，酒壶倒在桌上，壶盖在面上旋了几下，掉在地上就一碎两块了。这酸梅汤，小女儿不但没有多喝，反倒少喝也没有喝上，而我以后盛酒，再也没有奇迹出现了。

这酒壶如今在几案，于我也是一个瓮的闷葫芦了。

七、壁画

我小学的六年，是在老家的一座古庙里度过的，我常常想到那里的一切。那时，教室里一切十分简朴，甚至可以说是有些荒凉了。寺院的窗子原本是雕刻得十分讲究的木格窗，但窗格全断了，用芦苇秆儿扎着，糊着一层毛糙糙的麻纸，桌子是没有，每一排用土坯砌四个墩，上面架一个极宽极长的木板，寺房很高，没有天花板，我们做学生的上山挖了白土，涂刷了下面的一半，上面的一半刷不到，便全是画着奇奇怪怪的画，十分可怕。冬天里，学校的铃响得早，我们就在村里招喊每一家的同学，一边吹着一个小火盆，一边相厮着往学校去。除了一个书包，一个火盆，每人还要提一个小凳，因为学校里的凳子是自备的。我家那时人多，共有七个不同年级的学生，我就没有凳子可带，腋下便夹一个大劈柴，去了要在前后的土坯墩上横搭了坐的。推开教室门，没有灯，我们也不点灯，我们也不点火，就开始闭了眼睛背唱课文。不睁眼睛是我们害怕那屋墙上端露出的那些画；一哇声地背唱下去，是想在一种歌咏旋律中迷醉而忘却冬天的寒冷，也忘却那一份对墙上端画的恐惧。

这样的生活度过了六年，我的语文和算术的成绩非常好，但墙上端的画却使我的神经从此受到了刺激，后来一直十多年里，到任何寺庙里去，一见壁画就觉得头皮麻酥酥的。

小学毕业以后，我二十年里再没有去过那个学校，更没有去过那个教室。因为搞创作的缘故，我回老家搜集当地的民间传说，才知道小学所在的寺院古名为法性寺，是早年从村子前的丹江南岸搬移来的。丹江南岸的寺原名叫寄花寺，据说是王母娘娘经过这里，将头上的一枝插花寄存在这里而形成的。后来，丹江南移，危及至寺院，方迁到北岸的高地。但为什么在南岸是寄花寺，迁北岸则成法性寺，县志上也对此莫能其解。这寺院搬迁于何时？据说和村中的老爷庙、二郎庙几乎同时。老爷庙、二郎庙属陕西省重点文物而保护的，查县志知是金人入侵时，朝廷割让大片土地，以此庙作为分界线建筑的。由此推论，这寺院也该是极远古的建筑了。

乙丑年八月，我再一次回到老家，路过小学校时，令我大吃一惊的是小学校一切都拆除了，偌大的一片高地上，新房已经一院一院建起，唯独我当年上课的那个教室还立在那儿。我急忙跑进去，教室门窗已被挖掉，里边塞满了稻草，一进去，腿上就沾上十几个跳蚤，顿时肌起疙瘩，奇痒难受。我问旁边人：学校怎么能拆除？回答是：这学校太破烂了，已经在塬上新盖了一所，这地方就卖给了村民，差不多都拆旧建新了。再问：这个教室怎么还在？再回答：已经卖给一家人了，很快就要拆掉的。我立在那里，喟然良久，一边为家乡终于有了一所新学校而高兴，一边也为竟将寺院全然拆除而惋惜。不觉以留恋的心情细细看起这给我启蒙的教室。突然，我目光触到了墙上端的画，那三面墙皮已掉，唯在西墙最上边的一角竟还存有一幅画。看着那画，我不觉笑了，那曾经使我毛骨悚然的画并不是非人非鬼非兽的东西，而是一幅小儿领路于老人的素描画。我立即到近旁人家借了一个长梯，爬上去小心翼翼将这幅画揭下来了。

这画装在一个相框里，就悬挂在我的书房了。

细观此画笔墨颜色，可以说，并不像是宋时所作。那老头十分富态，小儿十分活泼，小儿遥指什么，眉眼斜竖，老头凝目而视，眉眼不分，整幅画十分简括，笔画了了，意境高古。有一画家来看了，说可能是民国初年的作品，我是不服气的，但又不懂鉴别，无力论争。故专此又于丙寅三月回老家一趟，去找证据。回去时，那房已经全然拆除，幸好有一截木料还六搬走，正是中梁，上边用墨写着"乾隆十二年复修"的字样。这收获使我颇为激动，这壁画虽不是宋时作品，清代作品也是够有意思了。

这幅壁画挂在书房，它使我常常回忆起童年，我更珍惜起今日我读书习文的环境，更奋发起今后著书立说的自强精神。达摩面壁十年修成正果，我也企望面对这幅画使我的事业成功。

八、老子讲经石

这是一块石头，但确实是老子在讲经，或许是他坐得太久了，才化做这一尊缩小了几十倍的石头。

丙寅年五月，我在镇安县米粮乡的一条小河滩上走，走着走着，一低头就看见他了。我站在他的身边，凝视了极久，然后在河水里洗净了手，将他捧起来，虔诚地带回我的书房。

说他缩小了几十倍，这我不敢亵渎他，他高七指，宽五指，呈三角形。这三角形实在太好，三角点正是他坐在那里微微翘起的石膝，他是盘脚在坐着讲经，左膝安妥在下，长衫臃肿，似有褶皱。他坐得这么生动，传神的更是上边的那个三角点了。那是他的头部，头顶圆而饱满，面部稍凹，有无数皱纹，出奇的皆是白色，这白色沿着三角的两边线而下是两绺白胡须，头部正下则白色愈浓，蔓延下去，于胸部吧，胸部略高些，又款款再下，竟分散成六撮七撮直垂底部。石头的别的部位便全是蓝色。这不是老子是谁呢？说是齐白石也可，但齐白石没有这般高古；说是泰戈尔也可，但泰戈尔没有这般飘逸，且我一看见他就心神虔诚庄重，这就只是老子！

这尊老子讲经石，已经使所有到我这里的文友惊奇不已，皆要拿最珍贵的东西交换。我是不肯的。也常想，现在文坛，大家都热起老子了，而别人不可得我得，是我发现了老子呢还是老子发现了我？三四年前，文坛上有一股"清除精神污染"风，因我读过几本老庄的书，便沸沸扬扬论我的不是。现在老庄红火，当年论我不是的先生也言之谈老庄了。这种怪人怪事怪风，人类有时是糊涂的，而老子既已做仙做神，神仙心中自会清楚。但是，老子使我得了老子讲经石，我也但愿我不至于是好龙式的叶公吧？

我遂将楼观台老子讲经处的一副对联记下，来做长久的解释：

贜躬桎炱忩儱礜，靖傅恧𪲽淽愳虘

（意为"玉炉烧炼延年药，正道行修益寿丹"）

对　月

月，夜愈黑，你愈亮，烟火熏不脏你，灰尘也不能污染你，你是浩浩天地间的一面高悬的镜子吗？

你夜夜出来，夜夜却不尽相同：过几天圆了，过几天亏了；圆得那么丰满，亏得又如此缺陷！我明白了，月，大千世界，有了得意有了悲哀，你就全然会照了出来的。你照出来了，悲哀的盼着你丰满，双眼欲穿；你丰满了，却使得意的大为遗憾，因为你立即又要缺陷去了。你就是如此千年万年，陪伴了多少人啊，不管是帝王，不管是布衣，还是学士，还是村儒，得意者得意，悲哀者悲哀；先得意后悲哀，悲哀了而又得意……于是，便在这无穷无尽的变化之中统统消失了，而你却依然如此，得到了永恒！

你对于人就是那砍不断的桂树，人对于你就是那不能歇息的吴刚？而吴刚是仙，可以长久，而人却要以短暂的生命付之于这种工作吗？！

这是一个多么奇妙的谜语！从古至今，多少人万般思想，却如何不得其解，或是执迷，将便为战而死，相便为谏而亡，悲、欢、离、合，归结于天命；或是自以为觉悟，求仙问道，放纵山水，遁入空门；或是勃然而起，将你骂杀起来，说是徒为亮月，虚有朗光，只是得意时锦上添花，悲哀时火上加油，是一个面慈心狠的阴婆，是一泊平平静静而溺死人命的渊潭。

月，我知道这是冤枉了你，是曲解了你。你出现在世界，明明白白，光光亮亮。你的存在，你的本身就是说明着这个世界，就是在向世人做着启示：万事万物，就是你的形状，一个圆，一个圆的完成啊！

　　试想，绕太阳而运行的地球是圆的，运行的轨道也是圆的；在小孩手中玩弄的弹球是圆的，弹动起来也是圆的旋转。圆就是运动，所以车轮能跑，浪涡能旋。人何尝不是这样呢？人再小，要长老；人老了，却有和小孩一般的特性。老和少是圆的接榫。冬过去了是春，春种秋收后又是冬。老虎可以吃鸡，鸡可以吃虫，虫可以蚀杠子，杠子又可以打老虎。就是这么不断的否定之否定，周而复始，一次不尽然一次，一次又一次地归复着一个新的圆。

　　所以，我再不被失败所惑了，再不被成功所狂了，再不为老死而悲了，再不为生儿而喜了。我能知道我前生是何物所托吗？能知道我死后变成何物吗？活着就是一切，活着就有乐，活着也有苦，苦里却也有乐；犹如一片树叶，我该生的时候，我生气勃勃地来，长我的绿，现我的形，到该落的时候了，我痛痛快快地去，让别的叶子又从我的落疤里新生。我不求生命长寿，我却要深深祝福我美丽的工作，踏踏实实地走完我的半圆，而为完成这个天地万物运动规律的大圆尽我的力量。

　　月，对着你，我还能说些什么呢！你真是一面浩浩天地间高悬的明镜，让我看见了这个世界，看见了我自己，但愿你在天地间长久，但愿我的事业永存。

　　　　　　　　　　　　一九八一年十一月二十九日作于静虚村

藏　者

我有一个朋友，是外地人，一个月两个月就来一次电话，我问你在哪儿，他说在你家楼下，你有空没空，不速而至，偏偏有礼貌，我不见他也没了办法。

他的脸长，颧骨高，原本是强项角色，却一身的橡皮，你夸他、损他，甚至骂他，他都是笑。这样的好脾气像清澈见底的湖水，你一走进去，它就把你淹了。

我的缺点是太爱吃茶，每年春天，清明未到，他就把茶送来，大致吃到五斤至十斤。给他钱，他是不收的，只要字，一斤茶一个字，而且是单纸上写单字。我把这些茶装在专门的冰箱里，招待天南海北的客人，没有不称道的，这时候，我就觉得我是不是给他写的字少了？

到了冬天，他就穿着那件宽大的皮夹克来了，皮夹克总是拉着拉链，从里边掏出一张拓片给我显摆。我要的时候，他偏不给，我已经不要了，他却说送了你吧，还有同样的一张，你在上边题个款吧。我题过了，他又从皮夹克里掏出一张，比前一张更好，我便写一幅字要换，才换了，他又从皮夹克里掏出一张。我突然把他抱住，拉开了拉链，里边竟还有三四张，一张比一张精彩，接下来倒是我写好字去央求他了。整个一晌，我愉快地和他争闹，待他走了，就大觉后悔，我的字是很能变作钱的，却成了一头牛，被他一小勺一小勺巧炒着吃了。

有一日与一帮书画家闲聊，说起了他，大家竟与他熟，都如此地被他打劫了许多书画，骂道：这贼东西！却又说：他几时来啊，有一月半不见！

我去过他家一次，要瞧瞧他一共收藏了多少古董字画，但他家里仅有可怜的几张。问他是不是做字画买卖，他老婆抱怨不迭：他若能存一万元，我就烧高香了！他就是千辛万苦地采买茶叶和收集本地一些碑刻和画像砖拓片到西安的书画家嘻嘻哈哈地换取书画，又慷慷慨慨地分送给另一些朋友、同志。他生活需要钱却不为钱所累，他酷爱字画亦不做字画之奴，他是真正的字画爱好者和收藏者。

真正的爱好者和收藏者是不把所爱之物和藏品藏于家中而藏于眼中，凡是收藏文物古董的其实都是被文物古董所收藏。人活着最大的目的是为了死，而最大的人生意义却在生到死的过程。朋友被朋友们骂着又爱着，是因了这个朋友的真诚和有趣。他姓谭，叫宗林。

一九九九年三月二十五日

冬　花

　　七寸宽的，一尺长的，一件印刷品，嵌在银箔花边的玻璃框里，挂在西安画册店里出售了。我看见它的时候，它蒙着一层灰尘，已经长久没人问津。我心儿就楚楚地伤感起来：这么一件艺术珍品，在这么大个西安，竟没有多少人去欣赏！但我毕竟又十分地庆幸，立即便掏钱买回来了。

　　这是一幅日本名画，作者是东山魁夷。我得到它的那天，是八〇年九月十三日的黄昏。

　　我把这幅画挂在房子中央，我认为是上品妙物。那些流行小说，我只是读一遍就罢了；那些热闹电影，我只是看一遍就罢了。但这幅画，一个简单的风景小品，我却看不厌腻；深深理解了绘画之所以是绘画，小说不能代替，电影不能代替；它却能表现小说、电影不能表现的东西。

　　那画儿描绘的是一个冬夜。天上有一轮月亮，满满圆圆的，又在中天，可见是十五夜晚的子时。没有一点杂云，也没有一颗星星，占去了画面的二分之一的空间。月亮却是不亮，淡极，白极，不是小说里常常描写的是一个玉镜儿，或者是一个灯笼；妥妥帖帖的应该是一个气球；也不实在，或者只是虚幻着的一团白光罢。冬天的夜里童话的世界吗？整个画面的颜色是种昏黄。那二分之一的下面盈盈的是一棵老树，或是核桃树，或是七八十年前植的苦楝，树冠呈着扇形，隆地而起的半圆。树枝一动不动的，没有一片叶子，没有一个小花小果，连一只栖鸟儿也没有；枝条错综复杂，有点儿像中国农民画的"连理枝"。全树一色灰白，虽然不是晶莹般地透明，但比夜色亮多了，不知道是落了银粉，还是挂了微霜？

画面上再没有什么了，朦胧而又安静，虚空而又平和，我只能说出它的物理成分，却道不出它的情调；或许我意会了，苦于用语言不能表达。我怕最伟大的文学家也说不出来，可任何一个平凡的人却能感觉出这是冬夜。

多么冷的一个夜晚啊，月亮欲明未明，世界在朦胧中虚去了，淡去了，只有树存在。我突然间觉得，这个地方，我是熟悉的，但是什么地方，什么时间，我却又不知道。我已经发冷，瑟瑟价抖动起来，感到衣裳太单太薄了，似乎不可忍耐了。

这是什么缘法呀，画儿，我一见到你，我就想哭呢。

那是几年前的一天，我正烦乱，心绪不收，踽踽到大街上去了。行人是匆匆的，他们像是都寻到了快活；我站在热闹之中，却显得更加孤独和寂寞，就逃进那画册店去。这画是挂在墙上的，我一眼就看见了，停下脚步，痴痴呆呆，像在千里之外突然遇见了知音，像浪迹的灵魂突然寻到了归宿，一时气沉丹田，膝腿发软，双手松松地垂下来了……

这正是我思我想的冬天！我真想就睡在这树下，像树枝儿一样僵硬，让大地就在身下，让霜泛在身上，月光照着，一起蛰去，眠过这整整的一个冬天，直到来春的"惊蛰"的那声响雷。

这幅画儿挂在我的房中，我把它像佛殿的菩萨一样供着，每每心烦意乱，就面画而坐，它似乎是安宁我的神灵，我于是得到了慰藉，得到了解脱；我觉得我是唯一能理解它的了。

有这么一回，我正看着，偶尔间在画的左角，发现了小小的两个字：冬花。这是画的题字，却竟使我大吃一惊，而且从此陷于疑惑了。那题字笔画了了，而且我一直未能注意；它怎么是"冬花"呢？冬天是不可能有花的，画面上又没有画花，何以是花呢？

我是不知道的了。月下树下是没有一个人，东山魁夷又在日本，问谁去呢？我苦闷了三天，终于看出这树是长在河边的，或者场畔的，那么，这几步之外，该是有村，有人的了。这得要去问那人了。

人呢？在这沉沉夜里，人恐怕掩了柴门，埋了炭火，已经睡了。昨日里刮了一天风，飘走了树上最后一片叶子，今夜里，才冷得这般干，这般清；那人如何消得长夜，推开了那扇窗子，看着这树了。他是在想：今夜里有月亮了，这么地满圆；白天里发光的叫太阳，月亮是夜的太阳吧？夜本来是极黑的，夜的太阳出来了，黑里才有了白光。这树，是枯了吗？但昨天的风里，它并没有掉下来，它静静地在冬夜里，沉思了，默想了，或许正在做一个长长的梦，梦见春天的花，春天的叶，春天的果呢。生物学家讲：树有多高，根有多长，它在地面上是一个枝的半圆，地下的那根该是另一个半圆了，在向纵深掘进，在积蓄力量。地上地下，一个满满的圆，是贡给暮老的冬天的一个花圈？是献给新的春天的一个花环？那人一定是在唱了：

> 黑黑的天空一轮月亮，
> 那是夜的太阳，
> 孤独的太阳，孤独的灵魂，
> 冬夜从此不再漆黑。

> 茫茫的大地一棵树木，
> 那是冬的花蕾，
> 寂寞的花蕾，寂寞的灵魂，
> 冬天从此有了颜色。

啊，冬天并不是死寂的，冬天有花呢。这是那人看见的，也是他告诉我的。这个不知名儿的，不见脸儿的人，揉着睡眼，打着哈欠，伸舒了身骨，怕要走下炕来，步出门去；而他终没有时间走进这画里来，又去忙他的事儿了：去修理春耕的农具，去精选春播的种子……

啊，我真想唤出那人来了！尊敬的，你肯出来吗，带我一块儿度过冬天，说给我些冬天的童话，教给我些春耕的劳作，我一定要叫着你是老师，好吗？

一九八一年四月二日于天水

观　菊

此日，大风降温，白霜染地，西安街道两旁树木疏稀，枝柯失柔软而僵硬，嘎喇喇碎响不已；行人顿减，皆弓腰缩脖，落叶则随步旋飞，作有意嬉戏状。我邀和谷、子雍、周矢诸友携酒去兴庆宫公园：观菊去。

公园门大开，守门人待在房内拥炉烹茶，一群麻雀在那里划霜觅食。买得票进去，过廊，过亭，过池，过台，一片静寂，唯有一清洁工在花台扫除残花、瓜子皮儿和糖果纸。坐船悄然到湖后土山，山顶方圆三十步，一片菊，金黄锦绣。有一株墨色，居百菊正中，高一人，分十枝，枝枝孕有花胎，未绽，故大如小碗。我们席地饮酒，未三巡，奇香喷鼻，视墨菊，大放，其状如碟，其色乌黑有光泽，不敢用手去摸。四人惊疑，从湖上坐船回，在岸上遇见清洁工，笑而说："噫，这花是等待你们开呢。"

这是癸亥年九月二十七日事。

风　竹

　　我曾经问过老者：风是什么？来无消息，去无踪影，倏忽似弦丝弄音，倏忽又惊雷般滚过，不知道究竟是怎样个形象呢？答曰：此天籁、地籁，宇宙自然之大籁也；其本无形，形却随物而赋，你如果在山上，可以看见它托起一根羽毛袅袅，那便是温柔形象；你如果在海边，可以看见它使水浪卷扬，浩渺色变，那便是暴烈的形象。

　　我怅然了。居在城里，足未到过高山，身也未涉临大海，却是一块天地，仍是一块天地属我，则四堵墙内的不足五米方圆的一庭小院罢了。我怎么能看到风的形象呢？

　　于是，我在院里植下了一丛竹。

　　果然风附在竹上而显形了。日复一日，一年复一年，我以生命的渴望观察着竹丛，终于明白了风是通过竹表现着它的存在的。清晨里，屋檐下的蛛网被露水浸得亮亮的，像是水银织就，竹丛后的卧石上，藓苔上茸了一层嫩绿。新篁初放了，叶子安静得像在梦里，正面是正面，复面是复面，一层一层叠起来，各自按着自己的身份各就各位。竹丛的地上，有一些去年脱落的叶子，白得像纸片儿，脉络还看得清楚，用手去捡，却全然腐烂了。太闷了，蚯蚓拼命地在土里松动，三个四个竹鞭顶起卧石，冒出尖尖的角来。一切都是静止的，风的形象该是严肃；太规律了，太一统了，死气沉沉的，我不知道我应该想些什么，应该说些什么。台阶下的草窝里有个不相识的虫子正慵懒地唧唧。

白日过去，黄昏笼罩了城市；风起了，晚空上的碎云也似乎有了一种凄凄流动的音响。微风又是什么模样呢？我回到了小院，竹枝稳稳的，每一片叶子却在颤颤地激动，竹丛像一团软软的东西，这边凹进去，那边就凸出来，间或就分散了，但立即又聚集在一块儿，像是互相粘连着。风的形象原来也有平温、生气的时候，叶子各自是什么形状，什么颜色，都分分明明地显露出来了。嫩叶抖擞着，浅绿得可人，一些深绿的衰老的叶子无可奈何地掉下去了。整个竹丛弥漫着一种爱，一种欲，摇曳出一首抒情的诗歌。

但是，暴风常常就在夜里降到这个古老的城市了。一个可怕的罪恶的形象。竹子纷乱得没有一点秩序了。像一只秃头折翅的即将坠落的雏鸟，像一个披头散发的失夫的女人。房子里的烛光熄灭了，墙外巷口的路灯半昏半暗地照过来，竹丛忽地拉长着一个柱形，又忽地压下来，像一个扁饼儿；最上的叶子或许就弯下来，最下的叶子又闪到了上边，枝与枝相摩，发出嘎嘎响声；叶与叶冲撞着，使正面的反了复面，复面的又拧成了正面，该落的落了，不该落的也落了；老枝有的折了，新枝有的也折了。

风的形象见得多了，我又十分纳闷起来：风这么没有规律，它是依什么意志而变化的呢？便又请教老者，回答说：

"它是在完满天地和宇宙自然的意志啊。"

"啊！不测的神秘！"

"好了，你知道了不测，也就不必一定要去测了。"

"这是为什么？"

"激情所致改变了认识，这也是深入了解事物真实的一种方式啊。"

我听着老者的话，再不为风的无形的形而恨了，再不为竹的可怜飘摇而悲了。风是通过竹的眼睛看万事万物对自己到来的反应变化而完满天地和宇宙自然的意志的，而竹又在这种完满中变为天地和宇宙自然的一个分子。实在是一种奇迹，我观察着竹丛观察得久了，这风竹上的意志的完满又通过我的眼睛，传递于我的心灵，使我竟也得到了生命的觉悟和完满呢。

大海里的水蒸腾成天上的云，云又将雨降落下大地归流大海，而田野、村庄、庄稼、花草、树木却滋润了、满足了。钟将它的声音充满四周，但钟却仍是钟。将麝香携带千里，麝香物质不灭，千里的空气里却全是一种芬芳了。

　　这是一位伟人曾经说过的意思，风竹却使我深深地理解了。

　　　　　　　　　　　　　　　　　一九八三年六月十七日夜记

关于树

树默默地长着，长得很高。打开窗户，枝条上就会栖有一只美丽的小鸟，鸣啭着，可人极了。逢上细雨蒙蒙，在栅栏前独立，湿气里，那雨正沿了叶尖往下迟迟久久滑动，似无若有的一声坠金。想天地之广大，念人生好匆忙，捡一片飘落下来的枯叶，一根根数着心形般的那些纤纤细脉，几许淡愁，天分明是十分地黑了。

教科书上讲：在这个地球上，有着人，也同样有着兽有着草木。草木似乎是地球的奢侈品了。那么，占一席阴凉，祛那暑热，砍几枝作薪，煮饭烧茶，伐解了，做许许多多家具，倒欣赏那泉状的纹路。这一切皆如此地理所当然，树就是这么个树而已了。

偶尔在一个雪天，心情挺好，望着那黑硬的奇形怪样的枝柯，要突发玄想，树是一个什么样的妖魔从地下冒出？这晚上定会做出许多的噩梦。

圆圆的地球在太空中滚动得太久了，严严实实地封闭了它的精光元气；树为释放地气而存在着，她的每一片叶子就是内气外行的手掌。正正经经的气功师啊！被人爱是树的企望，爱人更是树的幸福，爱欲的博大精深，竟使她归于了无言乃大愚，沉静而寂寞。

×君，我是你窗前的每日所见的一棵树啊，可你知道我是哪一日长出了地面，又是怎样一日一日地高大吗？

一九八八年四月五日于羊城

品　茶

　　西安城里，有一帮弄艺术的人物，常常相邀着去各家，吃着烟茶，聊聊闲话。有时激动起来，谈得通宵达旦，有时却沉默了，那么无言儿呆过半天；但差不多十天半月，便又要去一番走动呢。忽有一日，其中有叫子兴的，打了电话，众朋友就相厮去他家了。

　　子兴是位诗人，文坛上负有名望，这帮人中，该他为佼佼者。但他没有固定的住处，总是为着房子颠簸。三个月前，托人在南郊租得一所农舍，本应是邀众友而去，却突然又到西湖参加了一个诗会，得了本年度的诗奖。众人便想，诗人正在得意，又迁居了新屋，去吃茶闲话，一定是有别样的滋味了。

　　正是三月天，城外天显得极高，也极青。田野酥软软的，草发得十分嫩，其中有蒲公英，一点一点地淡黄，使人心神儿几分荡漾了。远远看着杨柳，绿得有了烟雾，晕得如梦一般，禁不住近去看时，枝梢却并没叶片，皮下的脉络是楚楚地流动着绿。

　　路上行人很多，有的坐着车，或是谋事；有的挑着担，或是买卖。春光悄悄儿走来，只有他们这般儿悠闲，醺醺然，也只有他们深得这春之妙味了。

　　打问该去的村子，旁人已经指点，问及子兴，却皆不知道，讲明是在这里住着的一位诗人，答者更是莫解，末了说：

　　"是 × 书记的小舅子吗？那是在前村。"

大家啼笑皆非，喟叹良久，凄凄伤感起来：书记的小舅子村人尽知，诗人却不知为然，往日意气洋洋者，原来是这样的可怜啊！

过了一道浅水，水边蹲着一个牧童，正用水洗着羊身。他们不再说起诗人，打问子兴家，牧童凝视许久，挥手一指村头，依然未言。村头是一高地，稀落一片桃林，桃花已经开了，灼灼的，十分耀眼。众人过了小桥，桃林里很静，扫过一股风，花瓣落了许多。深走五百米远，果然有一座土屋，墙虽没抹灰，但泥搪得整洁，瓦蓝瓦蓝的，不曾生着绿苔。门前一棵荚子槐，不老，也不弱，高高撑着枝叶，像一柄大伞。东边窗下，三根四根细竹，清楚得动人。往远，围一道篱笆，篱笆外的甬道，铺着各色卵石，随坡势上下，卵石纹路齐而旋转，像是水流。中堂窗开着，子兴在里边坐着吟诗，摇头晃脑，得意得有些忘形。

众人呼叫一声，子兴喜欢地出来，拉客进门，先是话别叙情，再是阔谈得奖。亲热过后，自称有茶相待，就指着后窗说：好茶要有好水，特让妻去深井汲水去了。

从后窗看去，果然主妇正好在村口井台上排队，终轮到了，扳着辘轳，颤着绳索，咿咿呀呀地响。末了提了水罐，笑吟吟地一路回来了。

众人看着房子，说这地方毕竟还好，虽不繁华，难得清静，虽不方便，却也悠暇，又守着这桃花井水，也是"人生以此足也"。这么说着，主妇端上茶来，这茶吃得讲究，全不用玻璃杯子，一律细瓷小碗。子兴让众人静静坐了，慢慢饮来，众人窃窃笑，打开碗盖，便见水面浮一层白汽，白汽散开，是一道道水痕纹，好久平复了。子兴说，先呷一小口，吸气儿慢慢咽下，众人就骂一句"穷讲究"，一口先喝下了半碗。

君子相交一杯茶，这么喝着，谈着，时光就不知不觉消磨过去，谁也不知道说了多少话，说了什么话，茶一壶一壶添上来，主妇已经是第五次烧火了。不知什么时候，话题转到路上的事，茶席上不免又一番叹息，嘲笑诗人不如弃笔为政，继而又说"阳春白雪，和者盖寡"，自命清高。子兴苦笑着，站起来说：

"别自看自大，还是多吃茶吧！怎么样，这茶好吗？"

众人说：

"一般。"

"甚味？"

"无味。"

"要慢慢地品。"

"很清。"

"再品。"

"很淡。"

子兴不断地启发，回答者不使他满意，他有些遗憾了，说：

"这是龙井名茶啊！"

这竟使众人都大惊了。他们住在这里，一向是喝着陕青茶，从来只知喝茶就是喝那比水好喝一点的黄汤，从来不知茶的品法；老早听说龙井是茶中之王，如今喝了半天了，竟没有喝出特别的味儿来，真可谓蠢笨，便怨恨子兴事先不早说明，又责怪这龙井盛名难副，深信"看景不如听景"这一俗语的真理了。

"好东西为什么这么无味呢？"

大家觉得好奇，谈话的主题就又转移到这茶了。众说不一，各自阐发着自己的见解。

画家说：

"水是无色，色却最丰。"

戏剧家说：

"静场便是高潮。"

诗人说：

"不说出的地方，正是要说的地方。"

小说家说：

"真正的艺术是忽视艺术的。"

子兴说：

"无味而至味。"

评论家说：

"这正如你一样，有名其实无名，无乐其实大乐也！"

众人哈哈一笑，站起身来，说时间不早了，该回家去了，就走出门来，在桃林里站了会儿，觉得今日这茶品得无味，话也说得无聊，又笑了几声，就各自散了。

一九八一年九月十七日午作于西安

燕　子

　　不见了燕子，已是七八年的光景；我常常在城里觅寻，但每每却都失望了。商场的大厅里它自然不肯去的，那高达十几层的楼顶上，我爬上去了，也不曾见它的窠儿筑着，我也专意到公园过了一次，那水光山色里，也没它的足迹。啊，可亲的燕子，难道你是在地球上灭绝了吗，还是不肯到这大城市里来；这么苦着我，使我夜夜梦着你的倩影和呢喃的低吟，而哀愁儿不能自已！

　　记得在乡里的时候，天一暖和，它就来了，住在我家低低的草屋的梁上，一直到天气变冷的深秋了，才要离去。它是穿着一件黑外衣的，总是把头裹得严严，似乎是一个寡妇，整日呢呢喃喃，一副懦弱而固执的模样。我刚刚会爬，光着屁股在土窝里滚，尿下了，又用手去和泥玩。后来，稍稍大点，就去放牛；我摘过草莓子吃，也趴在河里喝水，也坐在阳坡上捉虱，甚至跟着奶奶，一块儿去山坡上的庙中烧香磕头呢。可走到哪里，燕子总陪伴了我，当我念叨着"虱多钱多""眼不见为净"的话时，燕子就不住地细语，别人听不懂那是说些什么，我是听明白了：它是懂得我们的，常常只要学着一声呢喃的叫声，它就会飞到我们手掌上来呢。

　　在我的童年幼年里，饲养过猫儿狗儿，但猫儿容易背叛，狗儿又多恶事，唯有燕子是最好的了。在这四山之间的地方，它给了我乐趣，也给了我得意。我年年盼着它来，它果然也就来了。一直过了好多年，它还是它的老样儿，年年还记着这么个草屋呢。

我长成大人了，从乡里到大城市里求学，我却深深地羞愧起儿时的愚昧，时常想起来，就感到脸红。然而，燕子，它还住在我家的木梁上吗，它还在说着那些永不改音的古老的话吗？我想把这一切的变化，一切的见识，诉说给它，但却再也寻不着它了。

终有一日，市里开会，会址是一座七层楼的大会议室，摆设十分讲究。我靠近那面一人多高的玻璃窗前，正听着报告，突然有了一片呢呢喃喃的叫声，神经立即触动了。举头看时，那窗外的半空，灰白色里，翻动着无数的黑点。啊，燕子，是我可亲的燕子！它竟到城市里来了，来的又是那么的多！在这个世界上，它是无处不去的；往日我怨恨它的不来，原来是我的少见多怪了！

燕子越来越多了，组成了一个燕子阵，使夕阳晚照的天，也不明朗起来。但是，却没有一只是冲着这座七层楼来的。我探出头看去，四面都是高楼大厦，燕子盘旋成一团，全是绕着右侧的一座并不高大的鼓楼飞的，在那鼓楼的顶上、檐下、栏里、阶内，出出进进，鸣叫不已。

这竟使我疑惑不解了。会议刚一休息，我就走到凉台上，想：鼓楼并不高大，也不艳丽，因年久失修，梁上已没了雕，栋上也没了画，连那临风叮当的挂铃也没有了，那有什么可吸引的呢？

"它为什么不到四周的高楼大厦上来？"

"高楼大厦是现代化的。"旁边有人说。

"现代化的为什么它就不来？"

"它是留恋古老的。"

我不大理会，便噘起嘴来，作弄出儿时学会的燕鸣声，但它们纷纷从我身边飞过，却没有一只落下来，尽趋着鼓楼而去了。

"咳，"我长叹了一口气，"它们把我也忘了。"

"是你忘了你。"

是的，是我忘了我了，我再不是那么个流着黄涕的孩子了，我长成大人，我有了知识，它认得的只是过去的我！但我自豪，我得意，我终究不是往日的我了。可它，我的燕子，面对这现代化的建筑，无动于衷，疯狂恋着鼓楼，是因为只有这一处鼓楼，才是它们的有情物，它们呢呢喃喃，只有将这永世不变的语言说给鼓楼，控诉、抗议这么大个城市里，再没有了它们的去处吗?!

　　啊，燕子，我不禁悲伤起来了：时至今日，还这么固执，这么偏见，不肯落脚在新的建筑，硬要向腐朽欲倾的鼓楼飞去，那么，城市将永远不会是你的天地了，现代建筑愈来愈多，你不是便要真的消亡了吗? 咳，我该怎么说呢，我可怜的燕子，我可悲的燕子!

　　　　　　　　　　　　一九八一年八月三日夜草静虚村

老人和鸟儿

这个山城，在两年前的一场洪水里被淹了，三天后水一退，一条南大街便再没有存在。这使山城的老年人好不伤心，以为是什么灭绝的先兆，有的就从此害了要命的恐慌病。

但是，南大街很快又重建起来，已经撑起了高高的两排大楼，而且继续在延长街道，远远的地方吊塔就衬在云空；隐隐约约的马达声一仄耳就听见了。

新楼前都栽了白杨，一到春天就猛地往上抽枝。夜里，愈显得分明，白亮亮的，像冲天射出的光柱。鸟儿都飞来了，在树上跳来跳去地鸣叫，最高的那棵白杨梢上，就有了一个窠。从此，一只鸟儿欢乐了一棵树，一棵树又精神了整个大楼。

老人是躺在树梢上的那个窗口内的床上。长年那么躺着，窗子就一直开着；一抬头，就看见远处的吊塔，心里便想起往日南大街的平房，免不了咒骂一通洪水。

老人在洪水后得了恐慌病，住在楼上后不久就瘫了。他睡在床上，看不到地面，也看不到更高的天，窗口给他固定了一个四方空白。他就唠叨楼房如何如何不好：高处不耐寒，也不耐热。儿女们却不同意，他们庆幸这场洪水，终有了漂亮的楼房居住。他们在玻璃窗上挂上手织的纱帘，在阳台上栽培美丽的花朵，阳光从门里进来可以暖烘烘地照着他们的身子，皮鞋在水泥板地面上走着，笃笃笃地响，浑身就有了十二分的精神。

"别轻狂，那场水是先兆，还会有大水呢。"老人说。

"不怕的！水还能淹上这么高吗？"

"这个山城要灭绝的……"

儿女们说不过他，瞧着他可怜，也不愿和他争吵。每天下班回来，就给他买好多好吃的、好穿的，但一放下，就不愿意守在他床前听他发唠叨。

"我要死了。"他总要这么说。

"爸爸！"儿女们听见了，赶忙把他制止住。

"是这场洪水逼死了我啊！"

有一天，他突然听到一种叫声，一种很好的叫声。什么在叫，在什么地方叫？他从窗口看不到。

这叫声天天被老人听到，他感到越发恐慌，一天天消瘦下去，眼眶已经陷得很可怕了。

"爸爸，你怎么啦，需要什么吗？"儿女们问。

叫声又起了，喔儿喔儿的。

"那是什么在叫？"

儿女们趴在窗口，就在离窗口下三米远的地方，那棵白杨树梢下的鸟窠里，一只红嘴鸟儿一边理着羽毛，一边快活地叫。

"是鸟儿。"

"我要鸟儿。"

"要鸟儿？"

儿女们面面相觑，不知道该怎么办。

"我要鸟儿。"老人在说。

儿女们为了满足老人，只好下楼去捉那鸟儿。但杨树梢太细，不能爬上去。他们给老人买了一台收音机。

"我要鸟儿。"老人只是固执。

有一天，鸟儿突然飞到窗台上，老人看见了，大声叫道，但儿女们都上班去了，鸟儿在那里叫了几声，飞走了。

老人把这事说给了儿女，儿女们就在窗台上放一把谷子，安了小箩筐，诱着鸟儿来吃。那鸟儿后来果然就来了，儿女们一拉撑杆儿，鸟儿被罩在了箩筐里。

他们做了一个精巧的笼子，把鸟儿放进去，挂在老人的床边。

那个窗口从此就关上了。老人再不愿意看见那高高的吊塔，终日和鸟儿做伴，给鸟儿吃很好的谷子，喝清净的凉水，咒骂着洪水给鸟儿听。鸟儿在笼子里一刻也不能安分，使劲地飞动，鸣叫。老人却高兴了，儿女们回来便给讲了好多他童年的故事。

一天夜里，风雨大作，老人的恐慌病又犯了，彻夜不敢合眼，以为大的灾难又来了。天明起来，一切又都平静了，什么都不曾损失，只是那个杨树梢上的鸟窠，好久没有去编织，掉在地上无声地散了。

老人的病好些了，还是躺在床上，不住地用枝儿拨弄笼中的鸟儿。

"叫呀，叫呀！"

鸟儿已经叫得嘶哑了，还在叫着。儿女们却庆幸这只鸟儿给老人带来了欢乐。

一九八二年八月二十五日草于静虚村

二　胡

　　越是到了空旷地方，天地似乎有剥离不开的混沌，我越是感受了人的英雄。八月那日去××，携得两狐——一张银狐的皮，一张白狐的皮——回来，一路急行，瘦马快刀地穿过×××峡谷，沿××××草原又是半晌，一道河就从日落处流下来了。雕鹫啸啸，水色如铜呵！翻身下马，从怀里掏出馕"日"地扔到上游，宽衣洗脸，才洗罢，馕已顺流到了跟前，捞起来，分明是软和了，咬一口馕，喝一口水，是将单手掬了水，高扬着，从手腕的窝槽处喝，我便忽然唤起二狐，一个是冰妃，一个是雪姬了！

　　我无意真要做皇帝，但真愿把二狐，不，二胡，当作美女善待呢。西域有慕士塔格峰，世称冰山之父，有卡拉库里湖，二胡就出生在那里。那样的环境，只能以狐的形象生存啊。灵魂与躯体原本就是两回事，圣洁的灵魂或许寄存于非人的躯体，人的躯体或许寄存的是野蛮灵魂。我之所以称二狐是美女，也是它们死亡了狐的生命来与我相见的——

　　那时候，它们却并不相识，维吾尔人的村镇集市上，冰妃是在北口的葡萄架上挂着，雪姬又在东南角的一家帐篷货店里，这中间是一排一溜的木板搭成的货摊，咕咕涌涌堆集着地毯、毛线团、花帽、纱巾和各式各样的刀具和巴旦木。强烈的阳光，奇异的色彩，热腾腾的膻味，我们满头大汗地在那里拥挤，一抬头，我瞧见葡萄架下的冰妃了！相见是那样的骤然，我几乎不敢相信这是现实。那是悬挂着的七八张狐皮和雪豹皮，但冰妃脱颖而出，雪白的绒上一层蓝灰的毛，其实并不是蓝灰的毛，白绒的毛尖上一点点的蓝灰，这就如雪地上均匀而稀落的狗尾子干草，立即使其成白纯若冰色的晶莹。它小小的脸，长目尖嘴，尾大如帚。我近去将冰妃卸下来揽在怀里，不忍心这么被吊在那里，即使被吊着在展示一种美丽，我也不情愿美丽泛滥给每一个集市上的人。我说：这狐我要买了！似乎这话是对银狐说的，是信誓旦旦的承诺。同伴忙制止我，悄声说，你这么个急切劲，卖主就会漫天要价的，越是想买，越是装作可买可不买的样子最好。进疆以来，我一直听同伴安排的，他的话或许正确，我将冰妃重新挂在了架上，但我却再不愿离开那里。年前，我居住的古城剿灭无证养狗，城南的广场上枪杀了上百条，轮到了一条栗色的，美丽非凡，竟使所有执法者都慈悲起来，不约而同地决定放生，就让一个郊区的农民牵走了。一百条狗中幸存下一条，这狗一定是什么神灵或魔鬼变的。我四处打问那个收留狗的郊区的农民，但终无音讯。如今我立在葡萄架下，在斑斑驳驳的阴影里，我与冰妃对视传情，那俊俏的脸有突然吃惊的神色，没有妖气而显一派幼稚和纯真。同伴在呼喊着谁是卖主，大胡子的卖主却去做祈祷了，在远处的砖台前的太阳白光下，他和七八个人垂头在念叨着什么，一会儿匍匐在地，一会儿又站起——好久好久的时间了，才走过来，与同伴在说维语。双方似乎都说得不高兴起来，同伴过来拉了我就走，我不想离开，但我还是被强行拖走了。在拐弯处，同伴说人家要一千五，他给八百，无法成交，咱们去别处看看，说不定会有比这张更好的狐皮的。我们就往集市的南头走，又往东走和西走，果然就在东南角的一家帐篷里遇见雪姬了。雪姬也是极美艳的尤物，通体雪白，没一点儿杂色，我感觉里这一定是冰妃的姊妹。年轻的卖主很随和，他开价也是一千二，我们压价到八百，终以九百元买下，皆大欢喜。我把雪姬盘作一盘抱在怀里，我的口对着它的口，我意识到我是吃过蒜的，便偏过头去。依然要经过北口，偏要给冰妃的卖主瞧瞧。卖主说：多少钱呀？同伴说：同你的那条一个样吧，八百元！卖主并不生气，说，一样？你比比吧！把冰妃从架上取下来，两狐就在这一时间认识了。它们真是姊妹的缘分，长短不差，粗细难分，但一个呈雪色，一个则是青白，冰妃果然是比雪姬颜色要好的。这不免有些尴尬，似乎对不住了冰妃。但已经买了雪姬，就不能生出嫌弃心，我们就往外走，但我却一步一回头地看冰妃，甚至感到它在葡萄架下哭泣。太阳斜在了头后，自己踩着自己的影子，我真恨我；雪姬和冰妃都是在这里的，难道这姊妹就从此分离吗？为一千元就可以失去它吗？那年在南方的某城，目睹过夜街上三三两两企盼着能被人选中的年轻妓女，曾感叹过自己若有巨资一定赎了她们发放回去，而如此纯美的尤物，竟要因一千元而失却恻隐心，让它孤零零悬挂在人市上吗？我终于停下步，说："我还要买它！"同伴吃惊地说："还要买?！"我说："买！"语气坚决。我们就又返回来，再次交涉，以一千元得到了冰妃。我递过钱了，卖主把冰妃从葡萄架上卸下来，我先拎着它的脖子，又托在膊弯，一下一下抚摩茸茸的毛，一举一动非常稳实，夏末的阳光与树上的蝉声有着一种远意。

狐易于成妖，一般人都这么认为，当二狐随我来到西安，安置在床头的衣架上，朋友们皆惊羡着它们的美丽，却对于藏之卧室有恨恨声。人际间的怀疑、猜忌、争斗太多了，怎么看狐也是这般目光？它们姊妹是从西域来的，西域有佛，玄奘也去那里取经的，即使它们无佛意，一身的野性和率真，在这卑微而琐碎的都市里自有风流骚韵。我从此改它们姓为胡，二胡，依然称作妃与姬的，尊其高贵。每天的每天，我瞧着它们入睡，天明睁开第一眼就又看见了它们，心里充满无比的安定。就在这一个夜里，读罢了《西游记》，可笑了一回猪八戒，时时想回高老庄，便去弹起古琴，琴弦嘣地断了，又去弹琵琶，琵琶也是断了弦，就知道有了知己。

拴马桩

　　上世纪的九十年代，西安人热衷收藏田园文物。我先是在省群众艺术馆的院子里看到了一大堆拴马石桩，再是见在碑林博物馆内的通道两旁栽竖了那么长的两排拴马桩，后就是又在西北大学的操场角见到数百根拴马桩。拴马桩原本是农村人家寻常物件，如石磨石碾一样，突然间被视为艺术珍品，从潼关到宝鸡，八百里的关中平原上对拴马石桩的抢收极度疯狂。据说有人在城南辟了数百亩地做园子，专门摆列拴马石桩，而我现居住的西安美术学院里更是上万件的石雕摆得到处都是，除了石鼓、石柱础、石狮、石羊、石马、石门梁、石门墩、石磙、石槽外，最多的还是拴马石桩。这些拴马石桩有半人高的，有一人半高的，有双手可以合围的，有四只手也围不住的，都是四棱，青石，手抚摸久了就越腻发黑生亮。而拴缰绳的顶部一律雕有人或动物的形象，动物多为狮为猴，人物则千奇百怪或嬉或怒或嗔或憨，生动传神。我每天早晨起来，固定的功课就是去这些石雕前静然默思，我觉得，这些千百年来的老石头一定是有了灵性的，它们曾经为过去的人所用，为过去的人平安和吉祥。在建造时有其仪式，在建造过程中又于开关、就位上有其讲究，甚至设置了咒语，那么，它们必然会对我的身心有益。

　　任何文物的收藏，活跃着的，似乎都是一些个人行为，其实最后皆为国家、社会所有，它之所以是文物，是辗转了无数人的手，与其说人在收藏着它们，不如说它们在轮换着收藏着人。上世纪之初，于右任和张钫凭借了他们的权势和智慧，大量收藏过关中的墓碑，他们当时有过协定，唐以前的归

101

于右任，唐以后的归张钫，近百年过去了，于右任收藏的墓碑都竖在了碑林博物馆，而张钫的那些墓碑运回河南老家，现在也成了千唐志斋博物馆。于右任和张钫是书法家，他们只收藏有文字的墓碑，后来，又有了个美术教育家王子云，他好绘画，好雕塑，就风餐露宿踏遍了关中，访寻和考察了关中的石雕，写成报告并带回大量的实物拓片。但是，于右任、张钫和王子云并没有注意到拴马石桩之类，可能那时关中的石刻石雕太多了，战乱年间，他们关注的是那些面临毁坏的官家的、寺院的、帝王陵墓上的东西，拴马石桩之类太民间了，还没有也来不及进入他们的视野。地面上的文物是一茬一茬地被挑选着，这如同街头上的卖杏，顾客挑到完也卖到完，待到这些拴马石桩之类的东西最后被收集到，才发现这些民间的物件其美术价值并不比已收集了的那些官家的寺院的陵墓上的东西低。西安是世界性的旅游城市，可大多的游客只是跟着导游去法门寺去秦始皇兵马俑博物馆，在那如蚁的人窝里拥挤，流汗，将大把的钱扔出去。他们哪里知道骑一辆单车到一些单位和人家去观赏更有玩味的拴马石桩一类的石雕呢？我庆幸我新居到了西安美术学院，抬头低眼就能看到这些宝贝，别人都在"羊肉泡馍"馆里吃西安的正餐的时候，我坐在家里品尝着"肉夹馍"小吃的滋味。

我在西安美术学院的拴马石桩林中，每一次都在重复着一个感叹：这么多的拴马石桩呀！于是又想，有多少拴马石桩就该有多少匹马的，那么，在古时，关中平原上有多少马呀，这些马是从什么时候起消失了呢？现在往关中平原上走走，再也见不到一匹马了，连马的附庸骡、驴，甚至牛的粪便也难得一见。

有这样一个故事，说有人学会了降龙的本领，但他学会了降龙本领的时候世上却没有龙。如今，马留给我们的是拴马的石桩，这如同我们种下了麦子却收到了麦草。好多东西我们都丢失了，不，是好多东西都抛弃了我们，虎不再从我们，鹰不再从我们，连狼也不来，伴随我们的只是蠢笨的猪，谄媚的狗，再就是苍蝇蚊子和老鼠。西安的旅游点上，到处出售的是布做虎，我去拜访过一位凿刻了一辈子石狮的老石匠，他凿刻的狮子远近闻名，但他去公园的铁笼里看了一回活狮，他对我说：那不像狮子，人类已经从强健沦落到了孱弱，过去我们祖先司空见惯并且共生同处的动物现在只能成为我们新的图腾艺术品。我们在欣赏这些艺术品的时候，更多地品尝到了我们人的苦涩。

在关中平原大肆收购拴马石桩一类石雕的风潮中，我也是其中狂热的一员。去年的秋天，我们开着车走过了渭河北岸三个县，刚刚到了一个村口，一个小孩扭身就往巷道里跑，一边跑一边喊：西安人来了！西安人来了！立即巷道里的木板门都哐啷哐啷打开，出来了许多人把我们围住，而且鸡飞狗咬。我说：西安人来了怎么啦，又不是鬼子进了村?！他们说：你们是来收购拴马石桩的？原来这个村庄已经被来人收购过三次了。我们仍不死心，还在村里搜寻，果然发现在某家院角是有一根的，但上边架满了玉米棒子，在另一家茅坑还有两根，而又有一家，说他用三根铺了台阶，如果要，可以拆了台阶。这让我们欢喜若狂，但生气的事情立即发生了，他们漫天要价，每一根必须出两千元，否则只能看不能动的。农民就是这样，当十年前第一次有人收集拴马石桩，他们说石头么，你能拿动就拿走吧，帮着你把拴马石桩抬到车上，还给你做了饭吃，买了酒喝，照相时偏要在院门口大声吆喝，让村人都知道西安人是来到了他们的家。而稍稍知道了西安人喜欢这些老石头，是什么艺术品，一下子把土坷垃也当作了金砣子。那一次，我们是明明白白吃了大亏购买了五根拴马石桩。

也就在这一次收购中，我们明显地感觉出农村的萧条，几乎到任何一个村庄，能见到的年轻人很少，村口或巷道里站着和坐着的多是一些老人和孩子，询问有没有拴马石桩，他们用白多黑少的眼睛疑惑地看你，然后再疑惑地看停在旁边的汽车，说：那得掏钱买哩。我们说当然要掏钱的，他们才告诉你有或者没有，又说：还有牛槽的，还有石门墩哩。领着你去看了，或许有一根两根，不是断裂就是雕刻已残损得失去形状，但他们能拿出石门墩来、牛槽来，还有石碌碡，打胡基的础子，砸蒜的石臼，都是现代物件，说：买了吧，我们缺钱啊。看得出他们是确实缺钱，衣衫破烂，面如土色，每个老人的后脖颈壅着皱褶，晒得黑红如酱，你无不生出同情心来。被同情之人必有可恨之处，也就这些人，和你论起价来，要么咬一个死数，然后就呼呼噜噜吃他的饭，饭吃完了又一遍一遍伸出舌头舔碗，不再出声，而另一个则舌如巧簧，使你毫无还嘴之机。买卖终于是做成了，我们的车却在另一

103

条巷里受阻，因为有人家在办丧事，一群人乱得像热锅上的蚂蚁，急声催喊着快去邻村喊人，他们有气力的劳力已经极少，必须两个村或三个村的青壮劳力方能将一具棺材抬往坟墓。在一片哀乐中，两个村庄的年轻人合伙将棺材抬出村去，我不禁有了一种苍凉之意，千百年来，农民是一棵草一棵树从土里生出来又长在土上，现在的农民却大量地从土地上出走了。马留给了我们一根一根拴马的石桩，在城市里成为艺术的饰品，农民失去了土气，游荡于城市街头的劳务市场，他们是被拔起来的树，根部的土又都在水里抖刷得干干净净，这树能移活在别处吗？

开着收购来的拴马石桩的车往城里走，我突然质疑了我的角色，这是在抢救民间的艺术呢，还是这个浮躁的年代的一个帮凶或者帮闲？

当西安美术学院分配了我那套楼下一层的房子时，窗外是早栽竖了三根拴马石桩，我曾因窗外有这三根拴马石桩而得意过，而现在，我却为它悲哀：没有我的时候里有马的时代，没有了马的时代我只有守着拴马石桩而哭泣。

二〇〇三年六月二十一日

三目石

一日在家独坐，诗人 ×× 来说我孤寂。我不孤寂，静定乃能思游。诗人含笑，陪我对坐；遂说身体，说儿女，说今日天气，不免无聊起来。诗人叫苦：善动者他，喜静者我，两人血型不同。他说送你一块石头我走啦，就走了。

这石头不大，白色，可以托在掌上。但石上有三只目形。是圆睁的目，或者是睁而不能闭的目，如鸡与鱼。之所以称目，是有七层金线圈，中间更为金黄圆心，很有些像午夜的猫眼，组合一个品状。我平日收集石头，皆以丑为美，全没这般精妙的物件，好喜欢了，就这么坐下来两目对着三目，也可说三目对着两目，竟嗒然遗忘身与石。

我想，这石头一定生成极早，是什么生命的化石。古时候天地混沌，生命的诞生都是三只眼的，所以古人的认知都是真感的，质朴而准确，所以那时没理性，有神话，不存在潜层意识的词。现在的生命都是两只眼，一只眼隐退为意识潜下来，一切都不质朴了。

三目石此时得之于我，肯定有什么缘分所在，是如何意思呢，昭示我什么呢？理性的东西太多，科学的分类过细，现代人已经活得十分地琐碎。满世界的专家如毛，专家又自视高深，其实专家不就是懂得一门的认知，而这门在大自然中是怎样渺小如针尖的门呢?！

三只眼比两只眼多一只眼，看到的是更多的具象，是整体，是气韵，苍茫而神秘的世界里，生命就与神同一了。两只眼比三只眼少一只眼，一定是在抽象，穷尽物理，可能得出结论生命就能制神了。谁是谁非，我不能把握。却思量戏曲上的程式，没有程式的时候不成戏曲，但现在演员做程式有几个还知道程式的来源吗？没有成语的时候，语言芜杂，而中学生喜欢用成语作文，谁又不生厌"学生腔"呢？我要捧角儿，我一定要告诫他（她）某程式产生的背景和内涵，我指导我的女儿作文，我要求她把成语还原着写。现在我们太多的形而上，欲望着要认识世界，世界却与我们陌生了。

又想，人的悲哀是太不知道了吗？

这个夜里不成寐，黎明里恍惚有梦，梦里全不是我看三目石的思想，竟是石的三目在看我，有许多文字出现。惊醒来记，失之大半，勉强记得：人肯定不再衍化独目，意识却可能被认为无数目如千眼佛，但或千眼顿开，但或一目了然，既是眼，请看眼为圆圈中有精点，圈中一点，形上也形下，看山是山，看水是水，又看山不是山，又看水不是水，再看山还是山，再看水还是水。你看么。

是吗是吗，我是还得再看，三目石永远不会丢弃了的，××。

一九九一年九月十二日早草

狐　石

我想，这世上的相得相失都是有着缘分的，所以赵源在显示它的时候，我开了口，他只得送与了我。赵源说：我保存了它七年，不曾一日离过身的。或许是这样，我说，可我等了它七年。

七年不是个小的时间。

那是在乡下，冬天里的一场雪，崖根下出现了一溜梅花印，房东阿哥说夜里走过狐了。从那一刻起，我极力想认识狐，欲望是那么强烈。曾追了梅花去寻，只寻到梦里。梦里的狐是一团火红，因此它的蹄印才是梅花。以后是朝朝暮暮读《聊斋》，要做那赶考前闭门读书的白面书生。结果是年过四十，误了仕途，废了经济，一身愁病，老婆也离我而去了。一切求适应一切都未能适应，原本到了不惑却事事怎能不惑，我不知道了这是什么命运？好是孤寂一人的时候，又是下雪的冬天，赵源送了它来，我才醒悟我为什么鬼催般地离了婚，又不顾一切地摆脱名誉利禄，原来是它要到来。

多么感念赵源！他从远远的地方来，在这个城市里打问了数天，昔日的同学，今日却做了一回使者了。

我捧在手心，站在窗前的阳光下，一遍一遍地看它。它确实太小了，只有指头蛋大，整个形状为长方形，是灰泥石的那种，光滑洁净，而在一面的右下角，跪卧了那只狐的。狐仍是红狐，瘦而修长，有小小的头，有耳，有尖嘴，有侧面可见的一只略显黄的眼睛，表情在倾听什么，又似乎同时警惕了某一处的动静，或者是长跑后的莫名其妙的沉思。细而结实的两条前肢，

107

一条撑地，使身子坐而不坠，弹跃欲起，一条提在胸前；腰身直竖了是个倒三角，在三角尖际几乎细到若离若断了，却优美地伏出一个丰腴的臀来，臀下有屈跪的两条后肢，一条蓬蓬勃勃的毛尾软软地从后向前卷出一个弧形。整个狐，鸡血般的红，几乎要跳石而出。我去宝石店里托人在石的左上角凿一小眼儿，用细绳系在脖颈上。这狐就日夜与我同在了。

惊奇的是，这狐的模样与我七年前想象的狐十分相似。这狐肯定是要来迷惑我的。但它知道，它是兽，我是人，人兽是不能相见的，相见必是残杀，世间那么多狐皮的制品，该是枉杀了多少钟情的尤物。但它一定是为了见到我，七年里苦苦修炼，终于成精，就寄身在这小小的石头里来相会了。

这样的觉悟使我心花怒放，愈是整日面对了狐石想入非非，一次次呼它而出，盼望它有《聊斋》的故事，长存天地间的一段传奇。我差不多要神经了，四十多岁的人，从不会相思，学会了相思，就害相思，终日想它，不去想它，岂不想它?! 身子于是瘦下来，越发多病多愁，疑心是中了狐精之邪了。我不管的，既是这狐吮我的精气而幻生，在那一个美丽的生命里有我的成分，我也是美丽的；既是我被狐吞噬，以它的腹部作为我的坟墓又何尝不是好的归宿呢？我这般企图着，但我究竟还是我，狐石依旧是石头，石头不是鸡蛋，不能暖熟的，倒恍惚了这石上恐怕是没有红狐的，它的显示全因了我的幻想，如达摩石壁的影石吧。

也就在这个冬天的那场雪里，一日，我往园子赏一株梅的，正吟着"梅似雪，雪如人，都无一点尘"，梅的那边有五个女子在叫着"狐！狐！"就一片浪笑。原来其中一个，长腿蜂腰，一手往上拥着颧骨，一手抓了鼻子往下拉扯，脸庞窄削变形，眉与眼两头尖尖地斜竖起来，宛若狐相。我几乎被这场面看呆了，失态出声，浪笑戛然而止，该窘的原本属五个女子，我却拽梅逃避，撞得梅瓣落了一身。

这一回败露了村相，夜梦里却与那女子熟起来，她实在是通体灵性的人，艳而不妖，丽而不媚，足风标，多态度，能观音，能听看，轻骨柔姿，清约独韵。虽然有点儿野，野生动力，激发了我无穷的想象力和创造力。

终有一天，我想，我会将狐石系在了她的脖颈上，说：这个人人儿，你已经幻化了与我同形，就做我的新妻吧。

五味巷

静虚村记

如今，找热闹的地方容易，寻清静的地方难；找繁华的地方容易，寻拙朴的地方难，尤其在大城市的附近，就更其为难的了。

前年初，租赁了农家民房借以栖身。

村子南九里是城北门楼，西五里是火车西站，东七里是火车东站，北去二十里地，又是一片工厂，素称城外之郭。奇怪台风中心反倒平静一样，现代建筑之间，偏就空出这块乡里农舍来。

常有友人来家吃茶，一来就要住下，一住下就要发一通议论，或者说这里是一首古老的民歌，或者说这里是一口出了鲜水的枯井，或者说这里是一件出土的文物，如宋代的青瓷，质朴、浑拙、典雅。

村子并不大，屋舍仄仄斜斜，也不规矩，像一个公园，又比公园来得自然，只是没花，被高高低低绿树、庄稼包围。在城里，高楼大厦看得多了，也便腻了，陡然到了这里，便活泼泼地觉得新鲜。先是那树，差不多没了独立形象，枝叶交错，像一层浓重的绿云，被无数的树桩撑着。走近去，绿里才见村子，又尽被一道土墙围了，土有立身，并不苦瓦，却完好无缺，生了一层厚厚的绿苔，像是庄稼人剃头以后新生的青发。

拢共两条巷道，其实连在一起，是个"U"形。屋舍相面，门对着门，窗对着窗；一家鸡叫，家家鸡都叫，单声儿持续半个时辰；巷头家养一条狗，巷尾家养一条狗，贼便不能进来。几乎都是茅屋。并不是人家寒酸，茅屋是他们的讲究：冬天暖，夏天凉，又不怕被地震震了去。从东往西，从西往东，茅屋撑得最高的，"人"字形搭得最起的，要算是我的家了。

村人十分厚诚，几乎近于傻昧，过路行人，问起事来，有问必答，比比画画了一通，还要领到村口指点一番。接人待客，吃饭总要吃得剩下，喝酒总要喝得昏醉，才觉得惬意。衣着朴素，都是农民打扮，眉眼却极清楚。当然改变了吃浆水酸菜，顿顿油锅煎炒，但没有坐在桌前用餐的习惯，一律集在巷中，就地而蹲。端了碗出来，却蹲不下，站着吃的，只有我一家，其实也只有我一人。

我家里不栽花，村里也很少有花。曾经栽过多次，总是枯死，或是萎缩。一老汉笑着说：村里女儿们多啊，瞧你也带来两个！这话说得有理。是花忌妒她们的颜色，还是她们羞得它们无容？但女儿们果然多，个个有桃花水色。巷道里，总见她们三五成群，一溜儿排开，横着往前走，一句什么没盐没醋的话，也会惹得她们笑上半天。我家来后，又都到我家来，这个帮妻剪个窗花，那个为小女染染指甲。什么花都不长，偏偏就长这种染指甲的花。

啥树都有，最多的，要数槐树。从巷东到巷西，三搂粗的十七棵，盆口粗的家家都有，皮已发皱，有的如绳索匝缠，有的如渠沟排列，有的扭了几扭，根却委屈得隆出地面。槐花开时，一片嫩白，家家都做槐花蒸饭。没有一棵树是属于我家的，但我要吃槐花，可以到每一棵树上去采。虽然不敢说我的槐树上有三个喜鹊窠、四个喜鹊窠，但我的茅屋梁上燕子窝却出奇地有了三个。春天一暖和燕子就来，初冬逼近才去，从不撒下粪来，也不见在屋里落一根羽毛，从此倒少了蚊子。

最妙的是巷中一眼井，水是甜的，生喝比熟喝味长。水抽上来，聚成一个池，一抖一抖地，随巷流向村外，凉气就沁了全村。村人最爱干净，见天天有人洗衣。巷道的上空，即茅屋顶与顶间，拉起一道一道铁丝，挂满了花衣彩布。最艳的，最小的，要数我家：艳者是妻子衣，小者是女儿裙。吃水也是在那井里的，须天天去担。但宁可天天去担这水，不愿去拧那自来水。吃了半年，妻子小女头发愈是发黑，肤色愈是白皙，我也自觉心脾清爽，看书作文有了精神、灵性了。

当年眼羡城里楼房，如今想来，大可不必了。那么高的楼，人住进去，如鸟悬窠，上不着天，下不踏地，可怜怜掬得一抔黄土，插几株花草，自以为风光宜人了。殊不知农夫有农夫得天独厚之处，我不是农夫，却也有一庭土院，闲时开垦耕耘，种些白菜青葱。菜收获了，鲜者自吃，败者喂鸡，鸡有来杭、花豹、翻毛、疙瘩，每日里收蛋三个五个。夜里看书，常常有蝴蝶从窗缝钻入，大如小女手掌，五彩斑斓。一家人喜爱不已，又都不愿伤生，捉出去放了。那蛐蛐就在台阶之下，彻夜鸣叫，脚一跺，噤声了，隔一会儿，声又起。心想若是有个儿子，儿子玩蛐蛐就不用跑蛐蛐市掬高价购买了。

门前的那棵槐树，唯独向横的发展，树冠半圆，如裁剪过一般。整日看不见鸟飞，却鸟鸣声不绝，尤其黎明，犹如仙乐，从天上飘了下来似的。槐下有横躺竖蹲的十几个碌碡，早年碾场用的，如今有了脱粒机，便集在这里，让人骑了，坐了。每天这里人群不散，谈北京城里的政策，也谈家里婆娘的针线，谈笑风生，乐而忘归。直到夜里十二点，家家喊人回去。回去者，扳倒头便睡的，是村人；回来捻灯正坐，记下一段文字的，是我呢。

来求我的人越来越多了，先是代写书信，我知道了每一家的状况，鸡多鸭少，连老小的小名也都清楚。后来，更多的是携儿来拜老师，一到高考前夕，人来得最多，提了点心，拿了酒水。我收了学生，退了礼品，孩子多起来，就组成一个组，在院子里辅导作文。村人见得喜欢，越发器重起我。每次辅导，门外必有家长坐听，若有孩子不安生了，就进来张口就骂，举手便打。果然两年之间，村里就考中了大学生五名，中专生十名。

天旱了，村人焦虑，我也焦虑，抬头看一朵黑云飘来了，又飘去了，就咒天骂地一通，什么粗话野话也骂了出来。下雨了，村人在雨地里跑，我也在雨地跑，疯了一般，有两次滑倒在地，磕掉了一颗门牙。收了庄稼，满巷竖了玉米架，柴火更是塞满了过道，我骑车回来，常是扭转不及，车子跌倒在柴堆里，吓一大跳，却并不疼。最香的是鲜玉米棒子，煮能吃，烤能吃，剥下颗粒熬稀饭，粒粒如栗，其汤有油汁。在城里只道粗粮难吃，但鲜玉米面做成的漏鱼儿、搅团儿，却入味开胃，再吃不厌。

小女来时刚会翻身，如今行走如飞，咿呀学语，行动可爱，成了村人一大玩物，常在人掌上旋转，吃过百家饭菜。妻也最好人缘，一应大小应酬，人人称赞，以致村里红白喜事，必邀她去，成了人面前走动的人物。而我，是世上最呆的人，喜欢静静地坐地，静静地思想，静静地作文。村人知我脾性，有了新鲜事，跑来对我叙说，说毕了，就退出让我写，写出了，嚷着要我念。我念得忘我，村人听得忘归；看着村人忘归，我一时忘乎所以，邀听者到月下树影，盘腿而坐，取清茶淡酒，饮而醉之。一醉半天不醒，村人已沉睡入梦，风止月冥，露珠闪闪，一片蛐蛐鸣叫。我称我们村是静虚村。

　　鸡年八月，我在此村为此村记下此文，复写两份，一份加进我正在修订的村史前边，作为序，一份则附在我的文集之后，却算是跋了。

爱的踪迹

"文化大革命"后，重新回到西安城西河沿，我久久地站在那里，感情惊异得不能自已。

这地方，是不咋大的，绕着青砖砌起的古城墙，便是那曲河水，缓缓坦坦的样子。初看并不怎见流动，浮萍厚厚地铺在上面，像一层绿色绒毯，似乎可以踩上去打个滚儿；有风掠过的时候，绿毯也不见开，只是微微地起伏，使人觉得温柔可爱。顺着河边儿，萋萋地长密了草；远十步许，上得岸来，就是坪地：草没有水边的肥壮，却多了几分嫩黄；每隔三步，有一株洋槐，整齐地排列过去，枝叶是交叉着的，分不清哪一枝是哪一棵树的。时正初夏，槐花开得雪白，一嘟噜的，一串串的，暗香淡淡浮动着；只有蜜蜂知道香的来去，激动地飞着，千百次鼓颤着翅翼。

这么个去处，在别的地方，或许并不见稀罕，但在西安这个闹市里，却有几分世外仙境的味道。此时此地，从异地归来的我，稍稍闭上眼睛，做个回想，十三年前的场面就再现在面前。

天已黄昏，正是夕阳无限好的时候，一对一对的少男少女，来到这里约会。远远看去，暮雾从河面起身，悄悄浮上坪地，朦朦胧胧的，掩去那槐呀草。约会人的自行车，看不清头，也看不清尾，只见那一圈半圈的闪光。月亮出来了，照着绿毯般的河水，闪着深浅不一的绿光。这河边、树后、车下，必是有了一对人，人是多情多义，话是如糖如蜜；一对不妨碍一对；一直谈到月亮在城墙垛上坠了，露水从草叶爬上了裤管……

是这么个地方酝酿着爱呢，还是爱使这个地方有了魅力？任何的少男少女，都是为着爱的追求而来，怀着爱的充实而去。爱原来是在幽幽的静里产生，爱原来是属于脉脉的夜的啊。

我不禁有些惊颤了：十三年前，我不是就从这里走过的吗？哪一处是我获得爱的地方呢？十三年了，动乱中我走过多少地方，经过多少世事，如今拖着一副疲倦的身心站在这河沿上，拼着千呼万唤，我的爱能再一次走来吗？

河水还是昔日的模样，可它已不是昔日的河水。槐树是昔日的槐树，但分明粗多了，也密多了。一岁一枯荣的小草，根还是昔日的根吗？十三年了，从这里走去了多少男女，多少男女又向这里走来；这里该留下了多深多厚的爱呢?!

我低下头来，在河沿上徘徊，看那绿毯起伏，让柔和的风吹着面颊，我细细地搜索着河沿，想要找着那爱的踪迹。

那斜坡处，有了一个一个的小台儿，似乎是两把并排的坐椅。噢，爱一定在这里停过：今天一对人在这里坐着，明天另一对人又来坐着，天长日久，这里便成了固定的位置，那无数的衣裤已经磨得小土台儿光光滑滑。那台儿下，差不多是有了小坑儿的，这是情人们坐在那里，让月光照着，让夜风吹着，满身的激动，满心的得意，已经不能自觉地用脚一下两下地踢地，踢出的小坑。

开着两点三点小花的草丛，住着蛐蛐蚂蚱的树下，是一堆堆瓜子皮儿、糖果纸。那是谁留下的呢？想想吧，一封短信，一个电话，情人们约定了时间，他们在这里相见了：你掏出一包瓜子，她取出一手帕糖果；该说的都说了，该吃的都吃了，那吃进去的是甜的蜜的，那说出来的是蜜的甜的，他们在甜蜜之后走去了，却留下了爱的踪迹。

到处的草都是密密的，高高的，竟有这样的地方：草没了茎，没了叶，只留下草根。草呢，草呢？草被掐去了。他们坐在那里，一个热切切地盯着脸，一个羞答答地低了眼，一张薄亮亮的纸捅破了，两根心弦怦地一弹，却无声地静默了。鸟儿在树上也不曾叫，蛐蛐在草里也不曾动，一双颤抖的手，下意识地在掐身边的草，掐下一截，再掐下一截……

　　哟，这里，就在这里，看不见那台儿坑儿，没留下瓜子糖纸，而且压根儿没有长草，爱的踪迹在哪里呢？往下可以看见。就在这地方下去一丈远的斜坡上，长起了一丛青油油的瓜秧儿。是了，这毕竟是坐过一对人的，吃过炒得不全熟的瓜子，就在他们离去不久，该是落过一场小雨，将那遗留的未嚼的瓜子冲在斜坡，慢慢生长出苗儿了。试想，那爱的获得已经很久，或许，他们已经结婚了；或许，他们已经有了孩子。

　　啊，城西河沿，到处都是爱，到处都有着爱的踪迹！无怪过去十三年了，这河水的绿毯依然这般绿，这洋槐的白花依然这般香。城西河沿，充满了人生爱的圣地，经过一场"文化大革命"竟还能这么保存下来，竟还这么使几代人永远恋慕向往，我该怎样来称呼你呢？

　　太阳慢慢地在天边西斜了，动人的余晖在河的绿毯上染上玫瑰般的艳红，接着就变成橘黄了，愈来愈嫩，愈嫩愈淡；槐的林子开始朦朦胧胧的了。我抬起头来，看见远远的地方，开始有人走到河沿这边来，影子是那样地轻盈、柔曼。我知道，夜色到来了，幽静到来了，爱该到来了。我慢慢地从河沿走开去，感觉一个中年，一个失去了往日的爱的人，在这里是不相宜的。但我脚步儿却几番沉重，几番流连，深深地眼红着走来的少男少女们：爱的获得难道只有他们吗？爱难道消失之后就再不能获得吗？

　　我又退了回去，在一棵槐树旁坐下，默默地说："我应该待在这里，我需要在这里待一会儿，让爱再回到我的心上吧。"

　　城西河沿啊，十三年后，重新站在你的身边，我的感情再也不能自已了啊！

　　　　　　　　　　　　　　　一九八〇年十二月十六日

当我路过这段石滩

我家住在郊外，到城里去上班，每天都要路过一条河的。河是很宽了，一年里却极少有水，上上下下是一满儿的石头，大者如斗，小者如豆，全是圆溜溜的光滑；有的竟垒起来，大的在上，小的在下，临风吱吱晃动，而推之不能跌落。我叫它是石滩。每每路过，骑车便在石隙中盘来绕去，步行却总要从一块石头上跳到另一块石头上，摇摇晃晃，惊慌里有多少无穷的趣味呢。

可是，旁人却更多地怨恨这石滩了，因为它实在不平坦，穿皮鞋的不喜欢，尤其那些女子，宁可到上游多绕三里路走那大桥，不愿走这里拐了高跟。它又没有花儿开放，甚至连一株小草也不曾长，绿的只有那石头上星星点点的藓苔，但雨天过去，那藓苔就枯干了，难看得像是污垢片儿。恋人是不来的，爱情嫌这里荒寒；小孩是不来的，游戏嫌这里寂寞。偶尔一些老人来坐，却又禁不住风凉，踽踽返去了。

多少年来，我却深深地恋着这段石滩，只有我在那里长时间地坐过，长时间地做一些达不到边缘的回忆和放肆的想象。

八年前，我是个白面书生，背着铺盖卷儿，从那四面是山的村镇来到了城里；闹嚷嚷的地方，我是个才拱出蛋壳的小鸭，一身绒毛，黄亮亮的像一团透明的雾。我惊喜过，幻想过，做过五彩缤纷的梦。但是，几年过去了，做人的艰难，处世的艰难，我才知道了我是多么地孱弱！孱弱者却不肯溺沉；留给我的，便只有那无穷无尽的忧伤了。

忧伤，谁能理解呢？对于我的父母，我的亲朋好友，我说有了饥，他们给我吃的；我说有了渴，他们给我喝的；我说有了忧伤，他们却全不信，说我是不可理解的人。理解我的，便只有这段石滩了。

在遇到丑恶东西的时候，我没了自信，那石滩容得我静静坐着，它那起起伏伏的姿态和曲线，使我想起远在千里外的爱人了。我似乎又看见了她在早晨打开窗子，临着晨光举手拢着秀发的侧身，又似乎看见了她在晚霞飞起的田野，奔跑扑蝶、扭身弯腰的背影。于是，忧伤忘去了，心窝里充满了甜蜜，呼唤着她的名字，任一天的风柔柔地拂在脸上，到处散发着她的吻的情味，任漫空的星星闪亮在云际，到处充满着她的眼的爱抚。

在失去善美的时候，一个愁字如何使我了得！这石滩，又使我来专想静观了，它那恰恰好好的布局和安排，使我想起了家乡月下街巷屋顶的无数的三角和平面了。似乎又看见了我们做孩子的在里边捉迷藏，巷口的小花花，梳两条细细的辫子，常常身藏在墙后，辫子却吊在外边，我便将那头像画在墙上，辫子画得像老鼠尾巴一样难看。于是，忧伤忘去了，心窝里充满了甜蜜，呼唤着金色的童年，想那小花花长大了吗？还留着那个细辫子吗？如果那个头像画还在，做了大人的我们再见了，脸该怎么个红呢？

石滩就是这般地安慰我，实在是我灵魂的洗礼殿呢！但我总搞不清白，这是怎么回事呢？石滩总是无言，但一有忧伤石滩总是给我排泄，这石滩到底是什么呢？

一日复有一日，我路过这段石滩，思索着，觅寻着，我知道这其中是有答案的，是有谜底的。

终有一日，我坐在这石滩上，看这一河石头，或高、或低，或聚、或散，或急、或缓，立立卧卧，平平仄仄，蓦地看出这不是一首流动的音乐吗？它虽然无声，却似乎充满了音响，充满了节奏，充满了和谐。想象那高的该是欢乐，低的该是忧伤，奋争中有了挫败，低沉里爆出了激昂，丑随着美而繁衍，善搏着恶而存生，交交错错，起起伏伏，反反复复，如此而已！这才有了社会的运动，生活的韵律，生命的节奏吗？这段石滩，它之所以很少水流，满是石头，正是在默默地将天地自然的真谛透露吗？正是在暗暗地启示着这个社会，这个社会生了育了的我的灵魂吗？

面对着石滩，我慢慢彻悟了，社会原来有如此的妙事：它再不是个单纯的透明晶体，也不会是混沌不可清理的泥潭；单纯入世，复杂处世，终于会身在庐山、自知庐山的真面目了，它就是一首流动的音乐，看得清它的结构，听得清它的节奏！试想，我还会再被忧伤阴袭了我的灵魂吗？我还会再被烦恼锈锁了我的手足吗？啊，我愿是这石滩上的一颗小小的石头，是这首音乐中的一个小小的音符，以我有限的生命和美丽的工作，去永远和谐这天地、自然、社会、人的流动的音乐！

一九八二年十二月二十七日兴作于静虚村

凉台记

最难得的是我家的那块凉台，方是零点七米，长是三米四五，长长方方二点四个平方，并不包括在住房面积之中，而且又有了后门，空气流通。再出来登台眺望，目光可以俯瞰整个城区。妻乐得手舞足蹈，说切切不能堆放杂物，要好好利用起来，遂将那只产蛋的母鸡拦在凉台左角，其余的都壅土置盆，植了花草。从此，凉台就成了天地自然之缩影，花有开的，又有败的，我们便意会着四时交替，草出芽的出芽，枝枯衰的枯衰，我们又体验着生死消息。城市里十分烦嚣，工作是十分繁忙，家庭是我们的温柔乡，凉台又是我们家庭的怡然世界。它一边依楼，三面无托，我们称之是悬空阁；一早一晚又是多雾，只见花草，不辨台栏，我们又谓之云海蜃市。天晴日暖，夫妻就蹲在那里，看蚁虫在花草丛中穿行，笑作是城市人一早一晚上班下班为生机而奔波。偏故意泼水扇风，又以此做狂风暴雨之想，看草叶颤栗，花瓣明暗反复，观蚁虫惊恐，四下逃散，又悲想人生旦夕祸福而无可奈何。总之，大千世界就在眼下，再不就事论事，将一切妙事全看得清清楚楚的了。妻越发兴致，越发不惜工本，购奇花异草，又置各色盆盘，又置假山鱼缸，凉台日见欣荣。只是遗憾没有鸟儿来歇，妻曾以米做饵，引得几只鸟来，但都吃了谷米，展翅而又去了。

今夏我出外采访，疲疲倦倦回到家，忙去凉台观赏，忽见有一精致竹笼挂在那里，里边是一小鸟，红嘴绿尾，鸣叫不已。妻说是她十元钱买的。挑逗中，却发觉不见了那只鸡，探身望去，原来鸡因在一只小小木棚里，于凉台外悬挂其空。我问之，妻说："这花草世界，它没有颜色，又不能鸣叫，放在这里太逊眼了。"我不觉喟然良久，怨妻竟这么糊涂！生蛋之鸡囚之木棚悬空凉台之外，却将小鸟珍藏在花草中，外表好叫声好可以享这红花绿草之福，默默产蛋为业的鸡反遭冷落，难道这凉台愈是雅好，便愈隐藏丑恶?！遂将花草撤去，小鸟放归，空出凉台堆煤、放柴、存杂物，归其原本作用罢了。特写《凉台记》存之。

一九八三年一月六日夜记

十字街菜市

如今的西安城里，菜市很多，大凡背街僻巷，有一处开阔地面的，一家在那里放起菜担，便有七家、八家的菜担也就放起来。不久，越放越多：一个菜市就巩固了。菜市有大的，也有小的；不大不小的，处于城市中间地域的，便是十字街口的菜市。城南的农民来市，带着韭菜、香菜、菠菜、莲菜。城东城西是工厂区，空气不好，农民来市的，带着白菜、萝卜、土豆。城北的地势高，长年缺水，青鲜菜蔬是没有的，却养鸡育猪；农民且耐得苦力，将豆子磨成豆腐，将红薯吊成粉丝。因地制宜，八仙过海，十字街菜市上就各显其通了。市场开张，卖的，买的，一手交钱，一手拿货，城乡泾渭，工农分明。这是菜市兴起时的样子。到后来，阵线就全然乱了，以市易市，买主的也便是卖主，卖主的也便是买主；菜市也便不是买卖蔬菜，大到木材竹器，小至针头线脑，吃、喝、穿、戴之物，行、立、坐、卧之具，鸡猪狗猫，鱼虫花鸟，无所不有！沿十字街东西南北四口，有门面的开门面，没门面的搭凉棚，凉棚之外是架，架前是摊，摊旁有笼：没有了一点空隙。于此，也便自行车不能骑坐，汽车更不得来往了。

假若是一个生人，第一次来到十字街心站定，往东西南北一看，真是"举棋不定"该去哪里。但立即会使你的人生观得到改变：嘿，这个世界真够丰富！人生于世也真够留恋！什么不可吃得？什么不可买得？什么又可以能吃得了，买得了?！常在城市的大街上，人如潮涌，少不得感慨：哪儿来的人这么多，这么匆匆忙忙的又都是去干什么？至此，这十字街菜市的人的旋

123

涡，却明显地表现一个主题：为生计而来，每天要卖的真多，要买的也真多，东西从四面八方云集而来，又四面八方分散而去。

货来得多，人来得多，这十字街口一天显得比一天窄小。常常天上落雨，水排泄不净，四边高楼遮日，阳光少照，泥泞便长久不干。即使天晴，卖菜的又不停以水浇菜，一是防腐保鲜，二又可见得分量，水便顺菜筐往外浸淋；卖肉的有当场屠宰，污水里又会有了红的颜色。人人都是去的，甘愿在那旋涡里挤得一头汗、一身土、一脚泥。即使那些时髦男女，看平日打扮，梳唐式发髻，穿西装皮履，想象那腹中不可能果食五谷的，但却偏爱吃那烤红薯、煮玉米棒，于人窝之内，风尘之中，大啃大嚼。最盛的时光是上班前半个小时，或者是下班后半个小时，自行车队便在这里错综复杂，一片的铁的闪光，一声的铃的丁零。城里的车子不许带人，后座却全被菜物坐了，车前辖辘上又都加了铁丝方兜，盐包也装进去，醋瓶也装进去。

当然，赶市最早的是那些富态的老太太，她们保养得很好，老爷子或许是有过很高的职务，如今退休在家；家里有的是钱，缺的是青春。于是上早市，一是为了锻炼身体，二是为的买个新鲜。"宁肯少吃，尽量吃好"，这是她们的学说。她们总不能理解：为什么有职有位过的人和没职没位的人食量相差这么大！她们买一斤韭菜就对了，那些人总是大青菜买七斤、八斤?!

赶市最迟的，永远数着有些机关小干部了。这些人，一年四季穿着四个兜的中山服，留着向后倒的背头；似乎什么都不大缺，只是缺钱；什么又都不大有，只是常有病。对于菜市行情，却了如指掌，萝卜昨天是几分一斤，今日是涨了，还是降了；什么菜很快就要下市，什么菜可能要到洪期。又特别懂得生意心理：清早是买的求卖的，下午是卖的乞买的。所以他们最喜欢市末去买那些莲菜，有伤口的，带细把的，二角钱便可以买得一堆，洗洗，削削，够上老少吃一天三顿，经济而实惠。

最不爱上市的是有些知识分子。他们腰里的钱少，书架子上书多，没时间便是他们普遍的苦处，呆头呆脑又是他们统一的模样。妻子给了钱让去上市，总是不会讨价还价，总是不会挑来拣去，又总是容易上当受骗，又总是容易突然忘却。于是，大都是妻子夺了权，也取消了他们上市的资格。但是，卖主最怕的是这些离知识最近的女人，她们个个巧舌俐齿，又是一堆新名词的啰嗦。买萝卜嫌没洗泥，买葱爱剥皮，买一斤豆芽，可以连续跑十家二十家豆芽摊，反复比较，不能主见，末了下决心买时，还说这豆芽老了，皮儿多了，怎么个吃呀！过秤时，又要看秤星，危言一句："这秤准不准?！"又只能秤杆翘高，不能低垂，称好后用手多余加一撮半把。最后掏钱，却一角一角检数，到了二分三分，口袋里有，硬说没有了，边走边还要责骂："你这卖水菜的，真小气！"

还有一种人，是属于"葡萄吃不上就说葡萄酸"的性格，男人者有之，女人者有之，而女人比男人有之更甚罢了。他们是一些想发财而还没有发财的人，或者是想成事而还没有成事的人。他们也嫉恨那些有钱有地位的人，但眼红要大于嫉恨。他们基本上和那些小干部、知识分子是一个水平线上的人，但极看不起小干部和知识分子的死呆。他们穿的一定是高过吃的，衣着质料一般一定要颜色鲜艳，式样时兴。注重仪表但究没有高雅的风度，这原因使他们也百思不得一解。平日里买了白菜，见了熟人，总夸奖这白菜好吃，指责鱼不是鲜鱼，一股腥臭。别人问：怎么不买些鸡蛋？回答一定是：那是什么鸡蛋，全放陈了。他们视钱如命，常常谋划在银行里存上多少钱了，方可得到实惠的利息。银行三月一次的有奖蓄存，他们总是一次十元存上十处，可惜中彩的事几乎无缘。请客，却出奇地数他们最多，也数他们最热情，最大方。四荤四素，六凉六热，鸡鸭鱼兔，水陆杂陈，那是极有讲究的。因为他们的世界观是关系学三个字，所以总在一定时期，他们上市得最活跃，采买最丰盛；忙过几天，被请的人吃得汗头油口，他们还要反复道歉：没好菜，不成敬意！这种请吃，自然有了好的结果，但也有无济于事的，他们常后悔不已。但过一个时期，却又抱一种幻想，又要请吃某某之人。

菜市上的菜的买卖既然仅仅成了其中一项生意，既然买主与卖主又不完全固定，今日买别人的，明日自己又卖出去，边买边卖，卖后又卖，真可谓转手为云，覆手为雨，谁个没有阴阳二脸，谁个没有两栖手脚?！十字街口的人的旋涡里，浮的浮，沉的沉，有的发了横财，有的折了老本。随之，生意越做越精，脑袋越使越灵，有的人已适合当代人的口味，专出售稀奇高档之品，有的人调查到"有闲阶级"的人增多，就发展耳目声色之娱的物件。如城里人容易苦闷，喜欢远走高飞而不能，就专做风筝，使其寂寞之心随风笋顺风而上，有所满足。又如城里人与人淡漠相处，老死不相往来，容易孤独，就哺养鸟儿出售，使其寄情玩物，有所消遣。一时间，花要奇花，草要异草，病木怪石。甚至有些老太太、小孩子也揣透出人有"出人头地"和"富贵发福"之心理，也做出量身尺杆和过量台秤，每日亦可赚得几元的分币呢。

这里的市价，永远不能统一，行情也变化多端。稍一留神，便得出一切变故有二。一是以天气为变：天旱了，乡下歉收，这里骤然一切皆贵；往往旱天若有一场雨落，雨未停价便顿跌。二是以政策为变：国家的一部分日用物品一提价，这里的东西就下价，国家的一部分日用物品一减价，这里的东西就升价；貌似矛盾，实则统一。所以，人人都是平民百姓，来这里又都为吃喝衣行，但极关心世界形势，国家大事，没有一个不祝福民族振兴太平，九州风调雨顺。

使人觉得有趣的是，从前城里人到乡下去，城里人是赚乡下人；如今是乡下人到城里来，乡下人赚城里人；以前城里人抠钱精明，如今乡下人账口清楚。总之，现在谁也说不清谁是有钱，谁是有物？钱在世上是一定的；到你手，到我手；这菜市就像是一个调节器。

我是菜市上的常客，有时去买，有时也去卖，但更多的不买不卖，为着享受耳目。常在早晨六点开市之时，或在晚上十点收市之间，街这边卖羊肉的喊羊肉，街那边卖豆腐的喊豆腐，喊得次数多了，大家熟悉，就觉得无聊，不免要喊些逗趣的话，满足别人，也满足自己，这边起个头，那边应个尾：

"十字街哟——人心醉！"

"最忙的哟——清洁队！"

"最闲的哟——'纠察会'！"

"最乐的哟——肠和胃！"

"最愁的哟——人民币！"

"最嫩的哟——卖馄饨！"

卖馄饨的小媳妇挑着担子走过来，噘嘴儿唾一口，骂声"贫嘴"！叫喊人脸面尴尬，一时无话可说，少不得买她一碗尝尝。

作于一九八三年二月二十四日

五味巷

长安城内有一条巷：北边为头，南边为尾，千百米长短；五丈一棵小柳，十丈一棵大柳。那柳都长得老高，一直突出两层木楼，巷面就全阴了，如进了深谷峡底；天只剩下一带，又尽被柳条割成一道儿的，一溜儿的。路灯就藏在树中，远看隐隐约约，羞涩像云中半露的明月，近看光芒成束，乍长乍短在绿缝里激射。在巷头一抬脚起步，巷尾就有了响动，背着灯往巷里走，身影比人长，越走越长，人还在半巷，身影已到巷尾去了。巷中并无别的建筑，一堵侧墙下，孤零零站一杆铁管，安有龙头，那便是水站了；水站常常断水，家家少不了备有水瓮、水桶、水盆儿，水站来了水，一个才会说话的孩子喊一声"水来了"！全巷便被调动起来。缺水时节，地震时期，巷里是一个神经，每一个人都可以当将军。买高档商品，是要去西大街、南大街，但生活日用，却极方便：巷北口就有了四间门面，一间卖醋，一间卖椒，一间卖盐，一间卖碱；巷南口又有一大铺，专售甘蔗，最受孩子喜爱，每天门口拥集很多，来了就赶，赶了又来。巷本无名，借得巷头巷尾酸辣苦咸甜，便"五味，五味"，从此命名叫开了。

这巷子，离大街是最远的了，车从未从这里路过，或许就最保守着古老，也因保守的成分最多，便一直未被人注意过，改造过。但居民却看重这地方，住户越来越多，门窗越安越稠。东边木楼，从北向南，一百二十户；西边木楼，从南向北，一百零三户。门上窗上，挂竹帘的、吊门帘的、搭凉棚的、遮雨布的，一入巷口，各人一眼就可以看见自己门窗的标志。楼下的房子，没有一间不阴暗，楼上的房子，没有一间不裂缝；白天人人在巷里忙活，夜里就到每一个门窗去，门窗杂乱无章，却谁也不曾走错过。房间里，布幔拉开三道，三代界线划开；一张木床，妻子，儿子，香甜了一个家庭，屋外再吵再闹，也彻夜酣眠不醒了。

城内大街是少栽柳的，这巷里柳就觉得稀奇。冬天过去，春天几时到来，城里没有山河草林，唯有这巷子最知道。忽有一日，从远远的地方向巷中一望，一巷迷迷的黄绿，忍不住叫一声"春来了"！巷里人倒觉得来得突然，近看那柳枝，却不见一片绿叶，以为是迷了眼儿。再从远处看，那黄黄的，绿绿的，又弥漫在巷中。这奇观儿曾惹得好多人来，看了就叹，叹了就折，巷中人就有了制度：君子动眼不动手。只有远道的客人难得来了，才折一枝二枝送去瓶插。瓶要瓷瓶，水要净水，在茶桌几案上置了，一夜便皮儿全绿，一天便嫩芽暴绽，三天吐出几片绿叶，一直可以长出五指长短，不肯脱落，秀娟如美人的长眉。

到了夏日，柳树全挂了叶子，枝条柔软修长如长发，数十缕一撮，数十撮一道，在空中吊了绿帘，巷面上看不见楼上窗，楼窗里却看清巷道人。只是天愈来愈热，家家门窗对门窗，火炉对火炉，巷里热气散不出去，人就全到了巷道。天一擦黑，男的一律裤头，女的一律裙子，老人孩子无顾忌，便赤着上身，将那竹床、竹椅、竹席、竹凳，巷道两边摆严，用水哗地泼了，仄身躺着卧着上去，茶一碗一碗喝，扇一时一刻摇，旁边还放盆凉水，一刻钟去擦一次。有月，白花花一片；无月，烟火头点点。一直到了夜阑，打鼾的、低谈的，坐的、躺的，横七竖八，如到了青岛的海滩。

若是秋天，这里便最潮湿，砖块铺成的路面上，人脚踏出坑凹，每一个砖缝都长出野草，又长不出砖面，就嵌满了砖缝，自然分出一块一块的绿的方格儿。房基都很潮，外面的砖墙上印着返潮后一片一片的白渍，内屋脚地，湿湿虫繁生，半夜小解一拉灯，满地湿湿虫乱跑，使人毛骨悚然，正待要捉，却霎时无影。难得的却有了鸣叫的蛐蛐，水泥大楼上，柏油街道上都有着蛐蛐，这砖缝、木隙里却是它们的家园。孩子们喜爱，大人也不去捕杀，夜里懒散地坐在家中，倒听出一种生命之歌，欢乐之歌。三天，五天，秋雨就落一场，风一起，一巷乒乒乓乓，门窗皆响，索索瑟瑟，枯叶乱飞，雨丝接着斜斜下来，和柳丝一同飘落，一会儿拂到东边窗下，一会儿拂到西边窗下。末了，雨戛然而止，太阳又出来，复照玻璃窗上，这儿一闪，那儿一亮，两边人家的动静，各自又对映在玻璃上，如演电影，自有了天然之趣。

孩子们是最盼着冬天的了。天上下了雪，在楼上窗口伸手一抓，便抓回几朵雪花，五角形的，七角形的，十分好看，凑近鼻子闻闻有没有香气，却倏忽就没了。等雪在柳树下积得厚厚的了，看见有相识的打下边过，动手一扯那柳枝，雪块就哗地砸下，并不生疼，却吃一大惊，楼上楼下就乐得大呼小叫，逢着一个好日头，家家就忙着打水洗衣，木盆都放在门口，女的揉，男的投，花花彩彩的衣服全在楼窗前用竹竿挑起，层层叠叠，如办展销。风翻动处，常露出姑娘俊俏俏白脸，立即又不见了，唱几句细声细气的电影插曲，逗起过路人好多遐想。偶尔就又有顽童恶作剧，手握一小圆镜，对巷下人一照，看时，头儿早缩了，在木楼里哧哧痴笑。

这里每一个家里，都在体现着矛盾的统一：人都肥胖，而楼梯皆瘦，两个人不能并排，提水桶必须双手在前；房间都小，而立柜皆大，向高空发展，乱七八糟东西一股脑全塞进去；工资都少，而开销皆多，上养老，下育小，一个钱顶两个钱花，自由市场的鲜菜吃不起，只好跑远道去国营菜场排队；地位都低，而心性皆高，家家看重孩子学习，巷内有一位老教师，人人器重。当然没有高干、中干住在这里，小车不会来的，也就从不见交通警察，也不见一次戒严。他们在外从不管教别人，在家也不受人教管：夫妻平等，男回来早男做饭，女回来早女做饭。他们也谈论别人住水泥楼上的单元，但末了就数说那单元房住了憋气：一进房，门"砰"地关了，一座楼分成几十个世界。也谈论那些后有后院、前有篱笆花园的人家，但末了就又数说那平房住不惯：邻人相见，而不能相逾。他们害怕那种隔离，就越发维护着亲近，有生人找一家，家家都说得清楚：走哪个门，上哪个梯，拐哪个角，穿哪个廊。谁家娶媳妇，鞭炮一响，两边楼上楼下伸头去看，乐事的剪一把彩纸屑，撒下新郎新娘一头喜，夜里去看闹新房，吃一颗喜糖，说十句吉祥。谁说不出谁家大人的小名、谁家小孩的脾性呢？

他们没有两家是乡党的，汉、回、满，各种风俗。也没有说一种方言的，北京、上海、河南、陕西，南腔北调，人最杂，语言丰富，孩子从小就会说几种话，各家都会炒几种风味菜，除了外国人，哪儿的来人都能交谈，哪儿来的剧团，都要去看。坐在巷中，眼不能看四方，耳却能听八面，城内哪个商场办展销，哪个工厂办技术夜校，哪个书店卖高考复习资料，只要一家知道，家家便知道。北京开了什么会，他们要议论；某个球队出国得了冠军，他们要吹呼；哪个干部搞走私，他们要咒骂。议完了，笑完了，骂完了，就各自回家去安排各家的事情，因为房小钱少，夫妻也有吵的，孩子也有哭的。但一阵雷鸣电闪，立即便风平浪静，妻子依旧是乳，丈夫依旧是水，水乳交融，谁都是谁的俘虏；一个不笑，一个不走，两个笑了，孩子就乐，出来给人说：爸叫妈是冤家，妈叫爸是对头。

早上，是这个巷子最忙的时候。男的去买菜，排了豆腐队，又排萝卜队，女的给孩子穿衣喂奶，去炉子上烧水做饭。一家人匆匆吃了，但收拾打扮却费老长时间：女的头发要油光松软，裤子要线棱不倒，男子要领齐帽端，鞋光袜净，夫妻各自是对方的镜子，一切满意了，一溜一行自行车扛下楼，一声丁零，千声呼应，头尾相接，出巷去了。中午巷中人少，孩子可以隔巷道打羽毛球。黄昏来了，巷中就一派悠闲：老头去喂鸟儿，小伙去养鱼，女人最喜育花。鸟笼就挂满楼窗和柳丫上，鱼缸是放在走廊、台阶上，花盆却苦于没处放，就用铁丝木板在窗外凌空吊一个凉台。这里的姑娘和月季，突然被发现，立即成了长安城内之最，五年之中，姑娘被各剧团吸收了十人，月季被植物园专家参观了五次。

就是这么个巷子，开始有了声名，参观者愈来愈多了。八一年冬，我由郊外移居城内，天天上下班，都要路过这巷子，总是带了油盐酱醋瓶，去那巷头四间门面捎带，吃醋椒是酸辣，尝盐碱是咸苦。进了巷口，一直往南走，短短小巷，却用去我好多时间，走一步，看一步，想一步，千缕思绪，万般感想。出了南巷口，见孩子们又拥集在甘蔗铺前啃甘蔗，吃得有滋有味，小孩吃，大人也吃。我便不禁两耳下陷坑，满口生津，走去也买一根，果然水分最多，糖分最浓，且甜味最长。

一九八二年七月二日记于静虚村

静

去年秋季，我去兴庆宫公园划了一次船。去的那天，天阴，没有太阳，但也没有下雨，游人少极少极的。我却觉得这时节最好了，少了那人的吵闹，也少了那风声雨声；天灰灰的，路见些明朗，好像一位端庄的少妇，褪了少女的欢悦，也没上了年纪的人的烦躁，恰是到了显着本色的好处。

同游的是我的妻，她最是懂得我；新近学着作画，是东山魁夷的崇拜者。我们租得一只小船，她坐船首，我坐船尾；这船就是我们的，盛满了脉脉的情味。桨在岸上一点，船便无声地去了。我们蓦地一惊，平日脚踏实地的一颗心，顿时提了起来，一时觉得像飞出了地球的吸引层，失去了重量，也失去了控制，一任飘飘然去了。

船箭一般地飞去了四五米，突然一个后退，一瞬间地停止了，像一个迷离离的梦，突然醒了，觉得凭一只木船，身已在了水上。心倒妥妥地落下来，默默看着对方，都脸色苍白，脖颈上的筋努力地用劲，便无声地笑了。妻说：古人讲羽化而登仙，其实大致如此，并不会轻松的。这话倒也极是。

倏忽间，船就打旋起来，像一片落下的柳叶，便见光滑的水面有了波纹，像放射了电波，一个弧圈连着一个弧圈，密密的，细细的，传到湖心。以前只认为水是无生命的，现在却是有了神经；神经碰在了岸上，又折回来，波纹就不再是光洁的弧线，成了跳跃的曲线，像书写的外文，同时有一股麻酥酥的滋味袭上心头了。桨继续划动着，起落没有声息，无数的漩涡儿悠悠地向四边溜去，柔得可爱，腻得可爱，妻用手去捉拿，但一次也没有成功。

131

我们调正了方向，向湖心划去，妻终是力小，船老向一边弯，末了就兜着圈儿。她坐在船尾来，我们紧挨着，一起落桨，一起用力，船首翘起来，船尾似乎就要沉了，但水终没有涌进后舱。我们身子深深往下落，正好可以平视那湖面。水和天并没有相接，隔着的是一痕长堤，堤边密密地长了灌木，叫不上名儿，什么藤蔓缠得黏黏糊糊。堤上是枫树和垂柳，枫叶呈三角模样，把天变成像撒开的小纸片儿，垂柳却一直垂到树下，像是齐齐站了美人，转过身去，披了秀发，使你万般思绪儿，去猜想她的眉眼。湖面上，远处的水纹迅速地过来了，过来了，看了好久，那水纹依然离得我们很远，像美人的眨着的脉脉的眼，又像是嘴边的绽着的羞涩涩的笑。我们终于明白那柳之所以背过去，原来将眉眼留在了水里。

船到湖心，我们便不再划，将桨双双收在舱里，任船儿自在。妻便做起画来，我仰躺在船里，头枕在船帮，兀自看着天。天也是少妇的脸，我突然觉得天和这水，端庄者对端庄者，默默地相视；它们是友好的，又是距离着，因为它们不像月亮绕太阳太紧，出现月圆月缺，它们永远的天是天，水是水，千年万年。我还要再想下去，突然一时万念俱灭，空白得如这天，如这水一般的了。

划了两个钟头，湖面上依然没有第二只船，一切都是水，灰灰的，白白的。我一时想做些诗，来形容这水的境界，却无论如何想不出来。我去过革命公园的湖，那水里有了茸茸的绿藻，绿得有些艳了；也去过莲湖公园的湖，那里生了锈红的浮萍，红得有些俗了；全没有兴庆宫公园的湖来得单纯，来得朴素。我只好说，兴庆宫公园湖里的水，单纯得像水一样，朴素得像水一样。

诗没有做成，我起身去看妻的画，她却画了一痕土岸，岸上一株垂柳，一动不动的一株垂柳，柳条自上而下，像一条条拉直的线。柳的下方，是一只船，孤零零的一只船。除此都空白了。我说，我看懂了这画，我不必要再作诗了，她真是东山魁夷的弟子，是最深知这兴庆宫公园的湖水了。

一九八一年十月五日夜作于静虚村

月　鉴

　　近些月来，我的脾气越发坏了，回到家里，常常阴沉着脸，要不就对妻无名状地发火。妻先是忍耐，末了终觉委屈，便和我闹起来，骂我有了异心。这般吵闹一场，我就不免一番后悔，但却总又不能改掉。今天夜里，我们又闹开了，结果妻照样歪在一旁抹泪，我只有大声喘着粗气，吸那卷烟，慢慢便觉得无地可容；拉开门，悄悄往村前的草坝子里去了。

　　"你就不是个人！"妻撵在门口，恨恨地还在骂我。

　　我没有还口，只是独独地走去，觉得妻骂得是对的：我怎么总要在她面前发脾气呢？她性情极温顺，我是太不知轻重的了。结婚三年来，我的蜜月期的温存哪儿去了？明明知道是自己无理，却还这样行为，弄到如此模样，活该我不是一个人了呢！

　　巷道是窄窄的，有几声狗咬，顺石板一块一块走去，又弯弯曲曲挪过田间小埂，草坝子就在眼前了。草很高，全是野苇糜子，冬天的寒冷，使它们已经失去了生命，却并没有倒伏，坚硬得有灌木般的性质了。月亮正要出来，就在草坝的那边，一个偌大的半圆。那是半团均匀的嫩黄，嫩得似乎能掐出水来，洁净净的，没一点儿晕辉；草坝子上却浮起了一层黄亮，竟使人疑心：这月亮从黄草里生出来，才染得这般颜色了。

　　我定定地看着月亮，竭力想把那烦恼忘却，月亮却倏忽间是玫瑰色的粉红了。似乎要努力从草丛中跃起，却是那么的艰难，草丛在牵制着，已经拉成一个锥圆形状；终在我眨眼的工夫，一下子跳出一尺高来。草坝子上，现在是一层淡淡的使人伤感的橘红，而且那淡还在继续，最后淡得没了色彩，月亮全然一个透明的镜片，莽草也像柔水一样的平和温柔了。

海上的日出，我是见过的，大河的落日，我也是见过的，但是，那场面全没有这草坝上的月升优美。我竟有了惊异：漠漠的天空有了这月亮，天空这般充实，草坝有了这月的光辉，草坝显得十分丰满；我后悔今日才深深懂得了这夜，这夜里的月亮了哩。

我闭上眼睛，慢慢地闭上了，感受那月光爬过我的头发，爬过我的睫毛，月脚儿轻盈，使我气儿也不敢出的，身骨儿一时酥酥地痒……睁开眼来，我便全然迷迷离离了：在我的身上，有什么斑斑驳驳地动，在我的脚下，也有了袅袅娜娜的东西了。回过头来，身后原来是柳、草，阴影匝匝铺了一地，层次那样分明，浓淡那样清楚……不知什么时候，有了风，草面在大幅度地波动，满世界价潮起冷冷声，音韵长极了，也远极了，夜色愈加神秘，我差不多要化鹏而登仙去了呢。

脚步儿牵着我往草坝中走去了，像喝醉了酒，醺醺的，终于支持不住，软坐在那草丛里。月亮照着我，波动的草一会儿埋住我的头，一会儿又露出我的脸。那蒿草原来并不是水似的平和，茫茫的却是无数的弧形的线条呢。线条先是一条一条的，愈远愈深密，当那波动到来的时候，那是一道道细微的银坎儿，极快地从远处推来，眨眼间埋没了我的头顶。蓦地，一只夜鸟在响亮地叫着，从天边斜着翅膀飞来，一个黑影儿掠过我的脸面，它还在叫着、飞着，似乎在欣赏和追逐自己那草波上的倩影呢，接着就对着月亮又是一叫，飞得无踪无迹了。

这鸟儿一定在感谢月亮，使它看见了自己的影子吗？

我侧起头来，突然想到：在这夜里，有了月亮，世界上的万物便显出了存在，如果没有了这轮月亮，那会是多么可怕的黑暗啊！

月亮该是天地间的一面镜子了呢。

一个人影突然在我前边不远处出现，样子斜斜的，那么单薄，也正仰头看着月亮，而且有了一声长长的唷叹。这是谁呢？世上难道还有和我一样烦恼的人到这里来吗？那纤小身腰的线条，那高高隆起的发髻，我立即惊慌不已了：她不就是我妻子吗？

可怜的妻，她竟也到这里来了！天呀，如今看来，我真不配做人了，我害得她夜里不得安宁?！唉，一切苦闷应该归我，为什么要牵连她呢？她应该是幸福的，应该是快乐的，可她却也来了呢?！

我向她走去。我们在草坝深处相遇了。

"你怎么也来了？"我说。

"我来清静。"她淡淡地说。

"……都是我不好，惹你生气了。"

"你好！我生你什么气了？"

"我向你求饶，以后再不这样了……"

"这话你讲过多少次了？"

"你还不饶恕我吗？"

妻却呜呜地哭了。

"你在外边，又说又笑，回到家来，就没个笑脸儿……"

"我哪有那么多笑脸？"

"你总是发脾气，拿着我出气……"

妻委屈得说不下去，捂了脸，从草丛里斜斜地走了。她走了，把我留给夜里，把我的影子留给了我。风已经住了，潜伏在蒿草根下去了，消失在坝子外的沙滩上去了。月亮还在照着，照得霜潮起来，在草叶上，茎秆上，先是一点一点地闪亮，再就凝结成一层，冷冷的，泛着灰白的光。

无穷无尽的悲凉陡然袭上我的心头了。唉，我该怎样恨我的脾气呢，恨我的阴脸呢，我担心我会永远这样下去，总有一天，妻会离弃了我，我在不可自拔的境况下堕落下去，死亡下去了呢。

我检点起我自己了：是我对妻有了二心了吗？没有的，一丝一毫也不曾有的，我对妻是忠忠的，是爱爱的，世上没有第二个像我这样的专诚的了。

我不觉又该怨起妻了呢，她是不理解我的啊：我在外，老是有看不惯的事，但我不能去正义，只是憋着，还得笑笑的；回到家里，在亲人面前，我还再这么憋着气吗？还再这么笑吗？

我记起一位哲人的话了：夫妻是互相的镜子。是的，妻确实是我的镜子了，在这面镜子里，我虽然近乎于残忍，但我的人的本性才表现了出来；离开了妻，我才不是人了，是弯曲的人，是人的躯壳啊！

月亮还在草坝上照着，霜越潮越重了，那草的茎上、叶上沉重得垂下去了，光亮却异样地晶莹，幽幽的，荡起一股凉森。我觉得衣衫有些单薄，踽踽地要往回走了。

走出了草丛，又站在了那株柳下，看斑斑驳驳的树影印在地上，不用晃动，每一条枝，每一片叶，都看得清晰。我想，画家画树，枝条交错，叶片翻动，那么生动，那么气韵，一定是照着这影子画就的了；亏得月的镜子，把一切纷纷乱乱都理得多么明白！

啊，妻就是我的镜子吗？妻就是我的月亮吗？

我大口地呼吸着，将草坝的气息蓄满了心胸，张开了双臂，似乎要拥抱这轮中天月了。我深深地祝福这天地之间有了这明白的月亮，我祝福在我的生活里有了这亲爱的妻子！

我很快地向家里走去了，我要立即见到我的妻，检讨我的粗鲁，但我要向她大声地说：

"我还是人呢，我发现我还是人呢，我要做人，我要永远做人，在妻前，在月下，在任何地方，都要作为一个人而活下去！"

茶 话

　　今天来喝茶，我喜欢沿用古语：吃茶。一个吃字，加重了茶在生命中的重要性。

　　吃茶是大有名堂的。和尚吃茶是一种禅，道士吃茶是一种道，知识分子吃茶是一种文化，共产党员吃茶是一种清廉。所以，吃茶是品格的表现，是情操的表现，是在混浊世事中的清醒的表现。

　　尤其对在座许多人来说，吃茶是我们没有太多金钱的人的一种最好的享受。

　　我欢呼西安有这么个茶楼。

　　今天是五月十五日，五和十五的谐音为"吾邀吾"，即我不是被茶楼主人邀来的，是我邀请我自己来的。我想以后我会邀我再来，当然不准备再免费。

　　古人有言：雪澡精神。我说：茶涤灵魂。

　　故拟作对联二：

　　　　雪澡冷梅开花暖
　　　　茶涤忙人偷清闲

　　修改古书上两句戏言：

坐，请坐，请上坐
吃，吃茶，吃好茶

一九九三年五月十五日
在西安茶艺楼开业庆典会上的发言

红 狐

红　狐

×，你是不曾知道的，当我借居在这间屋子的时候，我是多么的荒芜。书在地上摆着，锅碗也在地上摆着。窗子临南，我不喜欢阳光进来，阳光总是要分割空间，那显示出的活的东西如小毛虫一样让人不自在。我愿意在一个窑洞里，或者最好是地下室里喘气。墙上没有挂任何字画，白得生硬，一只蜘蛛在那里结网，结到一半蜘蛛就不见了。我原本希望网成一个好看的顶棚，而灰尘却又把网罩住，网线就很粗了，沉沉地要坠下来。现在，我仰躺在床上，只觉得这儿荒芜得好，我的四肢越长越长，到了末梢就分叉，是生出的根须，全身的毛和头发拔节似的疯长，长成荒草。

宽哥说，这屋子真是一座荒园。

我说，那就要生出狐狸精的。

十多年来，我读《聊斋》，夜半三更的时候，总祈盼举头一看，其实是已经感觉到了，窗的玻璃上有一张很俏的脸，仅仅是一张脸，在向我妩媚。我看她，她也看我，我招之，她便含笑，倏忽就树叶般地飘进来。——这样祈盼着，并没有狐狸进来，我猜想那时我的火气太重，屋子里太整洁，太有规矩。于是清早起来，恹恹地发困，便生疑心窗外的那一株垂柳是一个灵魂在站着。她站着成了一株柳的。

如今的冬夜，从月下归来，闻见了谁家的梅。入我的荒园里，并没有随我而入的另一双鞋，影子也没有了。我坐在炉子边烧茶，听着水响和空间里别的什么声音，独自喝了一杯又一杯。忽地想起李太白的诗：

两人对酌山花开，

一杯一杯复一杯。

我醉欲眠卿且去，

明朝有意抱琴来。

冬夜里没有山花开，新窗外有三棵槐，叶子都落了，枝丫在颤起铜的韵。我也没喝酒，亦不想睡，想着真有狐狸的吧。

狐狸并也没有。

但也就在明日，却有人抱了琴来。抱琴人是个矮个儿男人，就是宽哥，说，我知道你寂寞。这是一架古琴，钟子期与俞伯牙相识的那一种古琴，弹"高山""流水"的那一种古琴。

宽哥也是寂寞的人——其实谁都寂寞，狼虎寂寞，猪也寂寞。——因为精神寂寞，他学了五年琴。他把琴送与我，我却不懂得琴谱，他明明知道我不懂得琴谱，他竟要送琴的。

琴就安置在我唯一的桌子上，琴成了荒园里最豪华的物件，我觉得一下子富有。那个捡来的啤酒木箱盖做成的茶几，如果上边放着烂碟破碗，就是贫穷的表现，而放着的是数百元的茶具，这便成一种风格，现在又有了古琴，静坐在茶几边的我静得如一块石头，斜睨了那古琴，一切都高雅了。

三日过去，五日过去，《聊斋》的书已不再读，茶是越来越讲究了档次，含品中记起一位才女叫眉的曾与我论过茶，说民间流行一种以对茶之态度如对性的态度的算卦辞，而世上最能品茶的是山中的和尚，和尚对性已经戒了，但那一种欲转化了对茶的体味。我那一日还笑她胡诌，而这日记起，很觉有趣。可我虽有五台山买来的木鱼，却怎么能把自己敲出个和尚来呢？仄了头瞧桌上的琴默默一笑，这一笑就凝固了一段历史，因为那一瞬间我发觉琴在桌上是一个平平坦坦地睡着的美人。

山里的人夏日送礼，送一个竹皮编的有曲线的圆筒，太热的人夜里可以搂着睡眠取凉，称作是凉美人的。这琴在那里体态悠闲，像个美人，我终于明白宽哥的意思了。×，那时我真有一份冲动，竟敢放肆，轻轻地走近去，分明感觉到她已经睡着了，鼾声幽微，态势美妙，但我又不敢了惊动，想她要醒过来，或者起身而站，一定是十分的苗条的。那琴头处下垂的一绺棉絮，真是她的头发，不自觉地竟伸手去梳理，编出一条长长的辫子，这么好身材的，应该是有一条长辫的。

这一个夜里，夜很凉，梦里全是琴的影子，半醒半寐之际，倏忽听得有妙音，如风过竹，如云飞渡，似诉似说。我蓦地翻床坐起，竟不知身在何处？没月光的夜消失了房子的墙，以为坐在了临水的沙岸，或者就完全在水里。好长的时间清醒过来，拉开灯绳，四堵墙显出白的空间，琴还在桌上躺着。但我立即认定妙音是来自琴的，这瞒不过我的，是琴在自鸣了！

×啊，有琴自鸣，这你听说过吗？三年前咱们去植竹，你说过的，竹的魂是地之灵声，植下竹就是植下了音乐，那么，这琴竟能自鸣，又该是怎样一个有灵的魂呢？

从此每日进屋，就要先坐于琴旁。人在屋外，想有琴在家，坐于琴身了，似守亲爱的人安睡，默默地等待着醒来，由是又捧了《聊斋》来读，终信了这是一份天意。有闲书上讲，女人是一架琴，就看男人怎么调拨，好的男人弹出的是美乐，孬的男人弹出的是噪音。这样的琴，不知道造于哪块灵土上的灵木，制于何年何月的韶光月下，谁曾经拥有过它，又辗转了多少春秋和人序，可它，终于等待到了来我的屋中，要为我蓄满清音，为我解消寂寞，要与我共同创造人间的一段传奇！这样的尤物今生今世既然与我有缘，我该给它起个好名儿来的。

我真的耗费了许多心思，叫它"等待"似乎太硬，叫"欲语"，又觉无力，"半生缘"又偏俗了，"一段不了"，还嫌玄虚。住到这屋子里，我是因了兼职一个教授职名赚的，门框上我曾写了"半闲半忙做文章，似通不通上课堂"，我这样的人过这样的日子，起怎样的名字给她呢？我坐在她的身旁，目注了她对她说话，我说我的童年，说我的青年和中年，说我的丑陋我的苦难，说我感谢她的话。我是看过报上的报道，说有一人种了一棵南瓜，他每日对南瓜说话如说话于他的孩子，这南瓜就长成背篓般大。还有一人患了心脏病，整日对心脏说感谢的话，委托的话，心脏病竟也无药而治了。我这般也对待我的琴，我感觉琴是听见了，也听懂了。一次不自觉地去触动了几下

143

弦索，它竟应发出极美的音乐来。我当时是惊呆了，因为我从来不识琴谱，连简谱也不识的，怎么就能有如此一段美乐呢？我疑问过宽哥，宽哥说，你再弹触时不妨打开录音机，我过后听听。我这么做了，宽哥就用简谱记下来，说果然好，你是个天才的作曲家。

我不是作曲家，我没有天才，天才是琴自身的，宽哥将数次的录音整理了，成一首乐曲在许多场合演奏，甚至还拿去发表，要署我的名。我声明这不是我作的曲，应该署琴的名。这次我得讨问琴，求它自报姓名。琴没有告诉我，却在灯光下，使我终于看见乌黑的琴身暗处，透出三处一绺的红来，黑与红相配得那么和谐和高贵，竟是我以前未注意到的。连着三日，都是在灯光下，发觉了红越来越多，几乎从整个黑里都能看出那下边的一层红来。

这一夜，我梦里觉得我在我的头发里发现了一颗痣，在手心里发现了一条纹，觉得桌上伏着一只艳红的狐。

于是，翌日的清晨，我叫我的琴为"红狐"。

"红狐"虽然依旧在桌上平伏着，但我仍要买了家具到这屋里，我买的是一张特大的床，一个极软的沙发，红狐如果从桌上站起，它的天性里该是爱静卧的。狐之友猜测应是鹤与鹿的。我又搜寻了鹤鹿的画贴在琴后的墙上。

我是这么想，×，狐是世上最灵性最美丽最有感应的尤物，原来是我的荒园里她早已来了！有诗讲"好雨知时节"，"随风潜入夜"，那她是从远的山里林里，或者从蒲氏的《聊斋》里，在那一个雨夜里来的，想宽哥送琴的那个夜，也正好有雨，当时我并不知，天明瞧见屋外的一蓬紫薇湿淋淋的。

×，这就是我要告诉你的事，一件大事，真的一件了不得的大事。也就是我有了红狐琴，我的荒园里再不荒了，我开始过得极平静而又富有，这你应该为我祝福和羡慕吧。

一九九三年十一月二十日于病房

关于埙

　　我不是音乐家，哆来咪发唆拉希，总只认作一二三四五六七。数年前为了研究文学语言的节奏，我选了许多乐谱，全是在一张工程绘图纸上标出起伏线来启悟的。我也不会唱歌，连说话能少说也尽量少说。但我喜欢埙，当我第一次听到埙乐时，我浑身颤栗不能自已，以为遇见了鬼。听了埙乐而去看乐器，明白小时候在乡下常用泥巴捏了牛头模样的能吹响的东西也就是原始的埙吧？就觉得埙与我有缘分。现在，我的书房里摆着一架古琴、一支箫、一尊埙，我虽然并不能弹吹它们，但我一个人夜深静坐时抚着它们就有一种奇妙的感觉。古琴是很雅的乐器，我睡在床上常恍惚里听见它在自鸣；而埙却更有一种魅力，我只能简单地把它吹响，每一次吹响，楼下就有小孩儿吓得哭，我就觉得它召来了鬼，也明白了鬼原来也是可爱的。我喜欢埙，喜欢它是泥捏的，发出的是土声，是地气。现代文明产生的种种新式乐器，可以演奏华丽的东西，但绝没有埙这样的虚涵着一种魔与幻。有了古琴，有了箫，有了埙，又有了两三个懂乐谱会乐器的朋友，我们常常夜游西安古城墙头去作乐。我们作乐不是为了良宵美景，也不是要做什么寻根访古，我们觉得发这样的声响宜于身处的这个废都，宜于我们寄养在废都里的心身。中国的古乐十分简约，简约到几近于枯涩，而这样的乐器弹吹出这样的声响，完全是自己对着自己，为自己弹吹，而不是为了取悦别人。海明威讲冰山十分之七在水里，十分之三在水面，中国古乐正是如此。我常常反感杂噪浮躁，欣赏"口锐者，天钝之，目空者，鬼障之"的话，所以我一遇到琴、箫和埙，我就十分的亲近了。

一九九三年八月十一日

养 鼠

买了十三楼的一个单元房做书房，以为街道的灰尘不会上来，蚊子不会上来，却没想到上来了老鼠。老鼠是怎么上来的？或许是从楼梯，一层一层跑上来；或许沿着楼外的那些管道，很危险地爬上来。可以肯定的是这只是一只老鼠，因为我见过一次，是那天早上一开门，它正立在客厅，门猛地一响，似乎吓了一跳，跌坐在地上，便立即起身钻到另一个房间去了。我的朋友来我处借书的时候也见过一次，它站在那个古董架上洗脸，一闪就不见了。它一拃多长，皮毛淡黄，尖嘴长尾，眼睛漂亮。老鼠就是老鼠，生下来就长了胡子，但它仍是只年幼的老鼠。书房里突然有了老鼠，我得赶紧检查房子的漏洞。我是从来不开窗子的，进门也是顺手关门，我发现柜式空调的下水管那儿有空隙，便把它堵严了。老鼠如同麻雀一样，离不开人，要在屋檐下筑窝，但又不亲近人，人一靠近就跑了。老鼠和我仅打过那一次照面，之后再没有见过，而我不愿意它留在书房。要把老鼠捉住或撵走，到处堆满了书籍报刊和收集来的古董玩物，清理起来十分困难，这就无法捉住和撵走。我也买了鼠药放在墙角，它根本不吃；又买了好几块粘鼠板摆在各处，它仍不靠近。反倒是我有一次不经意踩上了，鞋子半天拔不出来。书房唯一出口就是大门，晚上开了门让它走吧。可在城市的公寓楼上，晚上怎敢大门不关呢？何况还可能有另外的老鼠进来。那怎么办？既然无法捉住它和撵走它，它又无法自己出去，毕竟是一条生命，那就养吧。一养便养了四年，我还在养着。

养老鼠其实不费劲，给它提供食物就是。我的书房离我居住的家较远，我是每天早上来到书房，晚上再回到家去。第一次我在晚上离开书房时将一块馒头放在一块干净的秦砖上，第二天早上再来时，那馒头就不见了。但当天晚上没有了馒头，把剩下的石条放在那儿，早上再来时，石条竟然完好无缺。我以为它是从什么地方出去了，或者是死了，就又在离开时放上馒头，以测试我的猜想。可隔了一夜，却发现馒头又没了。我这才知道它是不吃石条的。以后的日子，我没有给它留剩饭，常在冰箱里备有两三个馒头。数月后，到了秋天，楼下的馒头店搬走了，没有了馒头，我就放了花生，有生花生和油炸过的花生，但它好像仅吃个三粒就不吃了。我以为松鼠是吃松子的，松鼠和老鼠应该是同一类，我在超市里发现有卖松子的，买了一包，回书房放了，还说："给你过个生日！"可它也不吃松子。我就有些生气了。什么嘴呀，这么挑食的?！朋友请吃饭，剩下的鱼呀，排骨呀，油饼、锅盔和饺子拿回来，全给它放了，它只吃锅盔。馒头和锅盔放得干了硬了，它也不吃。有一次我买了晚饭，剩下一根火腿肠，趁晚上放在那里了。那么长的一根火腿肠，它竟吃得一点渣屑都不剩。原来它可以吃肉的，不要带骨头的那种。我每次外出吃饭，便给它带些剩肉，它却又不吃了。丸子不吃，糯米团不吃，方便面不吃，核桃仁葡萄干不吃；豆腐吃过一次，再放就不吃了。那它还吃什么呢？我想起一首歌：我爱你，就像老鼠爱大米。抓了一把米放在那里，结果它根本不吃。我看过漫画，老鼠是偷油的，也会抱着鸡蛋，就在碟里放了菜油，它没有吃；放过一颗鸡蛋，它也没有动。而朋友送来的水果，比如梅子、苹果、梨、香蕉、猕猴桃，它只吃香蕉和猕猴桃。但也只是在香蕉和猕猴桃上咂出一个小洞，吃一点就是了。它还是喜欢吃馒头和锅盔。我就笑了，陕西人爱吃这些，它还真是陕西的老鼠。有时我也冒出一个想法，这老鼠咋和我的饮食习惯差不多：不要求多奢华，但一定要讲究？太软的馒头和锅盔不吃，太硬的馒头和锅盔不吃；锅盔不吃边棱儿，馒头不吃皮儿。

我的书房里拥挤不堪，但还算乱中有序，除了几十个书架，这儿一摞书籍，那儿一堆报刊，再就是那些偶像，佛教的、道教的、儒教的；更多的是秦汉唐的陶器、木刻、石雕，石雕又是什么动物的人物的都有。我每次进去，都肯定要焚香的，让诸神的法力充满房间。要离开了，就拍着那只大石狮，它是人面狮身的瑞兽：给咱守护好呀！然后再高声对老鼠说："馒头节省着吃，渴了不要喝佛前的净水，给你喝的水在盒子里。"我到了外边，尤其是晚上，想着那么大的房间里，堆放了那么多东西，那些东西都不动，只有老鼠在其中穿行，如同巡夜一般，心里便充满了乐意。

但我仍对老鼠发过两次火。一次我翻检那些汉唐石碑的拓片，发现有三四张被咬破了。我勃然大怒，骂道："老鼠，你听着，你竟敢咬我的拓片？我警告你，如果再敢咬书咬纸，我清理整个房间也要把你打死！"从此，再没有发现它咬碎过什么。另一次，我擦拭客房中堂的案桌，案桌上供奉着唐时的一尊铜佛和文殊普贤两位菩萨的石像，竟然有了老鼠的屎粒和尿渍。我再一次火冒三丈，大声警告："你去死吧，老鼠！去死吧，明天我抱一只猫来。"但我去市场买猫的时候，主意又变了，何必要它的性命呢？返回来给佛上了香，又供上水果和鲜花。我听见什么地方响了一下，我猜想肯定是老鼠在暗处耍我。我没有回头，只说了一句："你记着！"

朋友们知道我在书房养着老鼠，都取笑我，作践我。我说："这是一只听话的老鼠。"他们说："听话？该不会说这是一只有文化的老鼠吧。"我脸上发烧，说："它进来了，不得出去，我能不养吗？或许是一种缘吧。"

和老鼠能有什么缘呢？我的小女儿是属老鼠的，我的一些朋友也是属老鼠的。小女儿的到来和朋友之间的交集，那都是上天的分配，或者说磁铁吸的就是螺丝帽儿和钉子啊。小女儿让我有操不尽的心，朋友中有帮助过我的也有坑害过我的。但你能刀割水洗了小女儿和朋友吗？世上有那么多的老鼠，为什么偏就这一只老鼠进了我的书房？它从地面到十三楼，容易吗？它是冲着书籍来的，冲着古董玩物来的？那它真是有文化的老鼠了。如果它没有文化，那四年了，它白天里要看我读书写作，听我和朋友们说文论艺，晚上又和书籍古玩在一起，也该有些文化了吧。

所以我觉得我养了老鼠并不丢人，也不是无聊。四年里我没有加害它，没有让它挨饿；我没有奴役它，也没有从它那儿博取什么快活。它好像能知冷知热，我曾见过它蜕下的毛，也似乎没生过病。它除了犯那两次错，后来再没有咬噬过什么，也不再到有佛像的条案和架子上去。我们互不见面，我就是每天放食或隔空喊话；它在某处偷偷耍我，偶尔到我梦中。但有一天，我突然担心起来，它是不是太孤单了。我并不知它是公是母，可无论公母它都是单身呀。它得有情欲呀，它得有后代呀。我多么希望它能出了这个房子，到楼下的花园里去寻找它的伙伴。但它就是没有出去。我终于决定在一个夏夜把大门打开。我就坐在客厅里，拉灭了灯，连烟都不敢吸，让它出门；还在心里念了《大悲咒》，让它离开。到天明了，我只说它是出去了。当天我离开时又放了馒头，想证实它是真出去了。等我再一次回来，一开门就看秦砖上的馒头还在不在。我那时是既盼望馒头还在又盼望馒头不在。要是馒头还在，那它真的是走了，我心里还有些不舍。可一看，馒头竟没有了。天呀，它还在！我就笑了，说："那好，那好，行走！"我在瞬间叫它"行走"，因我的书房名是上书房，而古时候上书房是皇帝读书的地方，能自由出入上书房的官就叫上书房行走。我也把我的老鼠叫作了行走。

二○一四年九月二十四日下午，我在书房里写小说，到了黄昏，写累了，摘下眼镜凝视对面的佛像。我的写字台安放在大房间的南边，北边是两个木架，上面摆放的全是铜的铁的石的木的佛像。我看着佛像，祈望神灵赐给我智慧的力量，才一低头，却看见老鼠就在那木架前的地板上。四年了，这是我第二次看到它。它还是那么一拃长，皮毛淡黄。它在那里背向着我，突然上半身立起来，两只前爪举着，然后俯下身去；上半身立起举着前爪，又俯下身去。我一下子惊呆了，也感动不已。我没有弄出声响，看着它做完三次动作，然后便去了另一个房间。等它走了，我吁了一口气，放下正写的小说，就写下了这篇小文。

我有了个狮子军

我体弱多病，打不过人，也挨不起打，所以从来不敢在外动粗。口又笨，与人有说辞，一急就前言不搭后语，常常是回到家了，才想起一句完全可以噎住他的话来。我恨死了我的窝囊。我很羡慕韩信年轻时的样子，佩剑行街，但我佩剑已不现实，满街的警察，容易被认作行劫抢劫。只有在屋里看电视里的拳击比赛。我的一个朋友在他青春蓬勃的时候，写了一首诗："我提着枪，跑遍了这座城市，挨家挨户寻找我的新娘。"他这种勇气我没有。人心里都住着一个魔鬼，别人的魔鬼，要么被女人征服，要么就光天化日地出去伤害，我的魔鬼是汉罐上的颜色，出土就气化了。

一日在屋间画虎，画了很多虎，希望虎气上身，陕北就来了一位拜访我的老乡，他说，与其画虎不如弄个石狮子，他还说，陕北人都用石狮子守护的，陕北人就强悍。过了不久，他果然给我带来了一个石狮子。但他给我带的是一种炕狮，茶壶那般大，青石的。据说雕凿于宋代。这位老乡给我介绍了这种炕狮的功能，一个孩子要有一个炕狮，一个炕狮就是一个孩子的魂，四岁之前这炕狮是不离孩子的，一条红绳儿一头拴住炕狮，一头系在孩子身上，孩子在炕上翻滚，有炕狮拖着，掉不下炕去，长大了邪鬼不侵，刀枪不入，能踢能咬，敢作敢为。这个炕狮我没有放在床上，而是置于案头，日日用手摩挲。我不知道这个炕狮曾经守护过谁，现在它跟着我了，我叫它：来劲。来劲的身子一半是脑袋，脑袋的一半是眼睛，威风又调皮。

古董市场上有一批小贩，常年走动于书画家的家里以古董换字画，这些人也到我家来，他们太精明，我不愿意和他们纠缠。他们还是来，我说：你要不走，我让来劲咬你！他们竟说：你喜欢石狮子呀？我们给你送些来！十天后果真抬来了一麻袋的石狮子。送来的石狮子当然还是炕狮，造型各异，我倒暗暗高兴，萌动了我得有个狮群，便给他们许多字画，便让他们继续去陕北乡下收集。我只说收集炕狮是很艰难的事情，不料十天半月他们就抬来一麻袋，十天半月又抬来一麻袋，而且我这么一收，许多书画家也收集，不光陕北的炕狮被收集，关中的小门狮也被收集，石狮收集竟热了一阵风，价钱也一度再涨，断堆儿平均是一个四五百元，单个儿品相好的两千三千不让价。

我差不多有了一千个石狮子。已经不是群，可以称作军。它们在陕北、关中的乡下是散兵游勇，我收编它们，按大小形状组队，一部分在大门过道，一部分在后门阳台，每个房小门前列成方阵，剩余的整整齐齐护卫着我的书桌前后左右。世上的木头石头或者泥土铜铁，一旦成器，都是有了灵魂。这些狮子在我家里，它们是不安分的，我能想象我不在家的时候，它们打斗嬉闹，会把墙上的那块钟撞掉，嫌钟在算计我。它们打碎了酒瓶，一定是认为瓶子是装着酒的，但瓶子却常常自醉了。闹吧，屋子里闹翻了天，贼是闻声不敢来的，鬼顺着墙根往过溜，溜到门前打个趔趄就走了。我要回来了，在门外咳嗽一下，屋里就全然安静了，我一进去，它们各就各位低眉垂手，阳台上有了窃窃私语，我说：谁在喧哗？顿时寂然。我说："嗨！"四下立即应声如雷。我成了强人，我有了威风，我是秦始皇。

秦始皇骑虎游八极，我指挥我的狮军征东去，北伐去，兵来将挡，遇土水淹，所向披靡，一吐恶气。往日诽谤我、羞辱我的人把他绑来吧，但我不杀他，让来劲去摸他的脸蛋，我知道他是投机主义者，他会痛哭流涕，会骂自己猪屎。从此，我再不吟诵忧伤的诗句："每一粒沙子都是一颗渴死的水。"再不生病了拿自己的泪水喝药。我要想谁了，桌上就出现一枝玫瑰。楼再高不妨碍方向西飞，端一盘水就可收月。书是我的古先生，花是我的女侍者。

到了这年的冬天，我哪儿都敢去了，也敢对一些人一些事说不，我周围的人说：你说话这么口重？我说：手痒得很，还想打人哩！他们不明白我这是怎么啦。他们当然不知道我有了狮军，有了狮军，我虽手无缚鸡之力，却有了翻江倒海之想。这么张狂了一个冬季，但是到了年终，我安然了。安然是因为我遇见大狮。

我的一个朋友，他从关中收购了一个石狮，有半人多高，四百余斤。大的石狮我是见得多了，都太大，不宜居住楼房的我收藏，而且凡大的石狮都是专业工匠所凿，千篇一律的威严和细微，它不符合我的审美。我朋友的这个狮子绝对是民间味，狮子的头极大，可能是不会雕凿狮子的面部，竟然成了人的模样，正好有了埃及金字塔前的蹲狮的味道。我一去朋友家，一眼看到了它，我就知道我的那些狮子是乌合之众了。我开始艰难地和朋友谈判，最终以重金购回。当六人抬着大狮置于家中，大狮和狮群是那样的协调，让你不得不想到狮群在一直等待着大狮，大狮一直在寻找着狮群。我举办了隆重的拜将仪式，拜大狮为狮军的大将军。

有了大将军统领狮军，说不来的一种感觉，我竟然内心踏实，没有躁气，是很少给人夸耀我家里的狮子了。我似乎又恢复了我以前的生活，穿臃臃肿肿的衣服，低头走路。每日从家里提了饭盒到工作室，晚上回来。来人了就陪人说说话，人走了就读书写作。不搅和是非，不起风波。我依然体弱多病，讷言笨舌，别人倒说"大人小心"；我依然伏低伏小，别人倒说"圣贤庸行"。出了门碰着我那个邻居的孩子，他曾经抱他家的狗把屎拉在我家门口，我叫住他，他跑不及，站住了，他以为我要骂他揍他，惊恐地盯着我，我拍了拍他的头，说：你这小子，你该理理发了。他竟哭了。

二〇〇五年一月七日

动物安详

　　我喜欢收藏，尤其那些奇石、怪木、陶罐和画框之类，且经发现，想方设法都要弄来。几年间，房子里已经塞满，卧室和书房尽是陶罐画框乐器刀具等易撞易碎之物，而客厅里就都成了大块的石头和大块的木头，巧的是这些大石大木全然动物造型，再加上从新疆弄来的各种兽头角骨，结果成了动物世界。这些动物，来自全国各地，有的曾经是有过生命，有的从来就是石头和木头，它们能集中到一起陪我，我觉得实在是一种缘分。每日奔波忙碌之后，回到家中，看看这个，瞧瞧那个，龙虎狮豹，牛羊猪狗，鱼虫鹰狐，就给了我力量，给了我欢愉，劳累和烦恼随之消失。但因这些动物木石不同，大小各异，且有的眉目慈善，有的嘴脸狰狞，如何安置它们的位置，却颇费了我一番心思。兽头角骨中，盘羊头是最大的，我先挂在面积最大的西墙上，但牦牛头在北墙挂了后，牦牛头虽略小，其势扩张，威风竟大于盘羊头，两者就调了过。龙是不能卧地的，就悬于内门顶上。龟有两只，一只蹲墙角，一只伏沙发扶手上。柏木根的巨虎最占地方，侧立于西北角。海百合化石靠在门后，一米长的角虫石直立茶几前。木羊石狗在沙发后，两个石狮守在门口。这么安排了，又觉得不妥，似乎虎应在东墙下，石鱼又应在北边沙发背顶上，龙不该盘于门内顶而该在厅中最显眼部位，羊与狗又得分开，那只木狐则要卧于沙发前，卧马如果在厨房门口，仰起的头正好与对面墙上的真马头相呼应。这么过几天调整一次，还是看着不舒服，而且来客，又各是各的说法，倒弄得我不知如何是好。一夜做梦，在门口的两个狮子竟吵起来，一个说先来后到我该站在前边，一个说凭你的出身还有资格说这话？两个就咬起来，四只红眼，两嘴绒毛。梦醒我就去客厅，两个狮子依然在门口处卧着，冰冰冷冷的两块石头。心想，这就怪了，莫非石头凿了狮子真就有狮子的灵魂？前边的那只是我前年在南山一个村庄买来的，当时它就在猪圈里，当时发现了，那家农民说，一块石头，你要喜欢了你就搬去吧。待我从猪圈里好不容易搬上了汽车，那农民见我兴奋劲，就反悔了，一定要付款，结果几经讨价还价，付了他二十五元。这狮子不大威风，但模样极俊，立脚高望，仰面朝天，是个高傲的角色，像个君子。另一只是一个朋友送的，当时他有一个拴马桩和这只狮子，让我选一个，我就带回了这狮子，我喜欢的是它的蛮劲，模样并不好看，如李逵、程咬金一样，是被打破了头仍扑着去进攻的那种。我拍了拍它们，说：吵什么呀，都是看门的有什么吵的?！但我还是把它们分开了，差别悬殊的是互不计较的，争斗的只是两相差不多的同伙，于是一个守了大门，一个守了卧室门。第二日，我重新调整了这些动物的位置，龙、虎、牛、马当然还是各占四面墙上墙下，这些位置似乎就是它们的，而西墙下放了羊、鹿、石鱼和角虫石，东墙下是水晶猫、水晶狗、龟和狐，南墙下安放了石麒麟，北墙的沙发靠背顶上一溜儿是海百合化石、三叶虫化石、象牙化石、鸵鸟石、马头石、猴头石。安置毕了，将一尊巨大的木雕佛祖奉在厅中的一个石桌上，给佛上了一炷香，想佛法无边，它可以管住人性也可以管住兽性的。又想，人为灵，兽为半灵，既有灵气，必有鬼气，遂画了一个钟馗挂在门后。还觉得不够，书写了古书中的一段话贴在沙发后的空墙上，这段话是：碗大一片赤县神州，众生塞满，原是假合，若复件件认真，争竞何已。

　　至今，再未做过它们争吵之梦，平日没事在家，看看这个瞧瞧那个，都觉顺眼，也甚和谐，这恐怕是佛的作用，也恐怕是钟馗和那段古句的作用吧。

残　佛

　　去泾河里捡玩石，原本是懒散行为，却捡着了一尊佛，一下子庄严得不得了。那时看天，天上是有一朵祥云，方圆数里唯有的那棵树上，安静地歇栖着一只鹰，然后起飞，不知去处。佛是灰颜色的沙质石头所刻，底座两层，中间镂空，上有莲花台。雕刻的精致依稀可见，只是已经没了棱角。这是佛要痛哭的，但佛不痛哭，佛没有了头，也没有了腹，莲台仅存盘起来的一只左脚和一只搭在脚上的右手。那一刻，陈旧的机器在轰隆隆价响，石料场上的传送带将石头传送到粉碎机前，突然这佛石就出现了。佛石并不是金光四射，它被泥沙裹着，模样丑陋，这如同任何伟人独身于闹市里立即就被淹没一样，但这一块石头样子毕竟特别，忍不住抢救下来，佛就如此这般地降临了。我不敢说是我救佛，佛是需要我救的吗？我把佛石清洗干净，抱回来放在家中供奉，着实在一整天里哀叹它的苦难，但第二天就觉悟了，是佛故意经过了传送带，站在了粉碎机的进口，考验我的感觉。我庆幸我的感觉没有迟钝，自信良善未泯，勇气还在。此后日日为它焚香，敬它，也敬了自己。

　　或说，佛是完美的，此佛残成这样，还算佛吗？人如果没头身，残骸是可恶的，佛残缺了却依然美丽。我看着它的时候，香火袅袅，那头和身似乎在烟雾中幻化而去，而端庄和善的面容就在空中，那低垂的微微含笑的目光在注视着我。"佛，"我说，"佛的手也是佛，佛的脚也是佛。"光明的玻璃粉碎了还是光明的。瞧这一手一脚呀，放在那里是多么安详！

　　或说，佛毕竟是人心造的佛，更何况这尊佛仅是一块石头。是石头，并不坚硬的沙质石头，但心想事便可成，刻佛的人在刻佛的那一刻就注入了虔诚，而被供奉在庙堂里度众生又赋予了意念，这石头就成了佛。钞票不也仅仅是一张纸吗，但钞票在流通中却威力无穷，可以买来整庄的土地，买来一座城，买来人的尊严和生命。

　　或说，那么，既然是佛，佛法无边，为什么会在泾河里冲撞滚磨？对了，是在那一个夏天，山洪暴发，冲毁了佛庙，石佛同庙宇的砖瓦、石条、木柱一齐落入河中，砖瓦、石条、木柱都在滚磨中碎为细沙而石佛却留了下来，正因为它是佛！请注意，泾河的泾字，应该是经，佛并不是难以逃过大难，佛是要经河来寻找它应到的地位，这就是它要寻到我这里来。古老的泾河有过柳毅传书的传说，佛却亲自经河，洛河上的甄氏成神，缥缈一去成云成烟，这佛虽残却又实实在在来我的书屋，我该呼它是泾佛了。我敬奉着这一手一脚的泾佛。

　　许多人得知我得了一尊泾佛，瞧着皆说古，一定有灵验，便纷纷焚香磕头，祈祷泾佛保佑他发财，赐他以高官，赐他以儿孙，他们生活中缺什么就祈祷什么，甚至那个姓王的邻居在打麻将前也来祈祷自己的手气。我终于明白，泾佛之所以没有了头没有了身，全是被那些虔诚的芸芸众生乞了去的，芸芸众生的最虔诚其实是最自私。佛难道不明白这些人的自私吗？佛一定是知道的，但佛就这么对待着人的自私，他只能牺牲自己而面对着自私的人，这个世界就是如此啊。

　　我把泾佛供奉在书屋，每日烧香，我厌烦人的可怜和可耻，我并不许愿。

　　"不，"昨夜里我在梦中，佛却在说，"那我就不是佛了！"

　　今早起来，我终于插上香后，下跪作拜，我说，佛，那我就许愿吧，既然佛作为佛拥有佛的美丽和牺牲，就保佑我灵魂安妥和身躯安宁，作为人活在世上就好好享受人生的一切欢乐和一切痛苦烦恼吧。

　　人都是忙的，我比别人会更忙，有佛亲近，我想以后我不会怯弱，也不再逃避，美丽地做我的工作。

157

一九九七年二月二十日

灵山寺

　　我是坐在灵山寺的银杏树下，仰望着寺后的凤岭，想起了你。自从认识了你，又听捏骨师说你身上有九块凤骨，我一见到凤这个词就敏感。凤当然是虚幻的动物，人的身上怎么能有着凤骨呢，但我却觉得捏骨师说得好，花红天染，萤光自照，你的高傲引动着众多的追逐，你的冷艳却又使一切邪念止步，你应该是凤的托变。寺是小寺，寺后的岭也是小岭，而岭形绝对是一只飞来的凤，那长长翅正在欲收未收之时，尤其凤头突出地直指着大雄宝殿的檐角，一丛枫燃得像一团焰。我刚才在寺里转遍了每一座殿堂，脚起脚落都带了空洞的回响，有一股细风，是从那个小偏门洞溜进来的，它吹拂了香案上的烟缕，烟缕就活活地动，弯着到了那一棵丁香树下，纠缠在丁香枝条上了。你叫系风，我还笑过怎么起这么个名呢，风会系得住吗，但那时烟缕让风显形，给我看到了。也就踏了石板地，从那偏门洞出去，你知道我发现什么了，门外有一个很大的水池，水清得几近墨色，原本平静如镜，但池底下有拳大的喷泉，池面上泛着涟漪，像始终浮着的一朵大的莲花。我太兴奋呀，称这是醴泉，因为凤是非练实不食非醴泉不饮的，如果凤岭是飞来的凤，一定为这醴泉来的。我就趴在池边，盛满了一陶瓶，发愿要带回给你的。

　　小心翼翼地提着水瓶坐到银杏树下，一直蹲在那一块小菜圃里拔草的尼姑开始看我，说："你要带回去烹茶吗？"

　　"不，"我说，"我要送给一个人。"

"路途远吗？"

"路途很远。"

她站起来了，长得多么干净的尼姑，阳光下却对我瘪了一下嘴。

"就用这么个瓶？"

"这是只陶瓶。"

"半老了。"

我哦了一声，脸似乎有些烧。陶瓶是我在县城买的，它确实是丑陋了点，也正是丑陋的缘故，它在商店的货橱上长久地无人理会，上面积落了厚厚的灰尘，我买它却图的是人间的奇丑，旷世的孤独。任何的器皿一制造出来就有了自己的灵魂和命运，陶瓶是活该要遇见我，也活该要来盛装醴泉的。尼姑的话分明是猜到了水是要送一位美丽的女子的，而她嘲笑陶瓶也正是嘲笑着我。我是半老了吗？我的确已半老了。半老之人还惦记着一位女子，千里迢迢为其送水，是一种浪漫呢还是一种荒唐？

但我立即觉得"半老"二字的好处，它可以做我以后的别名罢了。

我再一次望着寺后的凤岭，岭上空就悠然有着一朵云，那云像是挂在那里，不停地变化着形态，有些如你或立或坐的身影。来灵山寺的时候，经过了洛河，《洛神赋》的诗句便涌上心头，一时便想：甄妃是像你那么个模样吗？现在又想起了你，你是否也是想到了我而以云来昭示呢？如果真是这样，我将水带回去，你会高兴吗？

我这么想着，心里就生了怯意，你知道我是很卑怯的，有多少人在歌颂你，送你奇珍异宝，你都是淡漠地一笑，咱们在一起吃饭，你吃得那么少，而我见什么都吃，你说过什么都能吃的人一定是平庸之辈，当一个平庸人给你送去了水，你能相信这是凤岭下的醴泉吗？"怎么，是给我带的吗？"你或许这么说，笑纳了，却将水倒进盆里，把陶瓶退还了我。

我用陶瓶盛水，当然想的是把陶瓶一并送你，你不肯将陶瓶留下，我是多么的伤感。银杏树下，我茫然地站着，太阳将树荫从我的右肩移过了左肩，我自己觉得我颓废的样子有些可怜。

我就是这样情绪复杂着走出了灵山寺，但手里依然提着陶瓶，陶瓶里是随瓶形而圆的醴泉。

159

寺外的慢坡下去有一条小河，河面上石桥拱得很高，上去下来都有台阶。我是准备着过了桥去那边的乡间小集市要找饭馆，才过了桥，一家饭馆里轰出来了一男一女两个乞丐。乞丐的年纪已经大了，蓬头垢面地站在那里，先是无奈地咧咧嘴，然后男的却一下子把女的背了起来，从桥的这边上去，从桥的那边下来，自转了一下，又从那边上去，从这边下来，被背着的女的就咯咯地笑，她笑得有些傻，饭馆门口就出来许多人看着，看着也笑了。

"这乞丐疯了！"有人在说。

"我们没疯！"男乞丐听见了，立即反驳，"今日是我老婆生日哩！"

"是我的生日，"女乞丐也郑重地说，"他要给我过生日的！"

我一下子震在了那里，人间还有这样的一对乞丐啊，欢乐并不拒绝着贫贱！我羡慕着他们的俗气，羡慕着俗气中的融融情意，在那一刻里，请你原谅我，我是突然决定了把这一陶瓶的醴泉送给了他们。

但他们没有接受。

"能给一碗饭吗？"

"这可是醴泉！"

"明明是水么，水不是用河用井装着吗？"

这话让我明白了，他们原是不配享用醴泉的。

我提着水瓶尴尬地站在太阳底下，趔脚向小集市上走，奇迹就在这时发生了，我无意地拐过一个墙角，那里堆放了一大堆根雕，卖主因无人过问，斜躺在那里开始打盹了。根雕里什么飞禽走兽的造型都有，竟然有了一只惟妙惟肖的凤，它没有任何雕琢痕迹，完全是一块古松，松的纹路将凤的骨骼和羽毛表现得十分传神。我立即将它买下。我是为你而买的，我兴奋得有些晕眩，为什么这个时候又让我获得这只凤呢，是天之赐予，还是我真有这缘分？我说，我是没有梧桐树的，但我现在有了醴泉，我有醴泉啊，饮醴泉你会更高洁的。

我明日就赶回去，你等着一个送醴泉的人吧，我已做好心理准备，如果你肯连陶瓶一并接受，那将是我的幸福，如果你接受了醴泉退还了陶瓶，我并不会沮丧，盛过了醴泉的陶瓶不再寂寞而变得从此高古，它将永远悬挂在我的书房，蓄满的是对你的爱恋和对那一对乞丐的记忆，以及发生在灵山寺的一系列故事。

二〇〇一年六月十九日

记五块藏石

红蛙：红灵璧石，样子像蛙，不多一分，也不少一分；是站在田埂欲跳的那一种，或许是瞧见了稻叶上的一只蜻蜓的那个瞬间，形神兼备。它的嘴大而扁，沿嘴边一道白线。眼睛突鼓，粉红一圈，中间为红中泛紫色，产生一种水汪汪的亮色。通体暗红，颚下以至前爪红如朱砂。来人初见，莫不惊讶，久看之，颚下部似乎一呼一吸地动。我名凹，蛙与凹同音，素来在宴席上不食青蛙和牛蛙，得之此石，以为是生灵回报，珍视异常，置于案上石佛的左侧，让其成神。

乌鸡：家人属相是鸡，恰生日前得此葡萄玛瑙石，甚为吉祥。玛瑙石本身名贵，如此大的体积又酷像鸡就更稀罕。脖子以上，密集葡萄珠，乌黑如漆，翅至尾部色稍浅，光照透亮。我藏石头，一半是朋友赠送或自捡，一半是以字画换取，一幅字可换数件石，而此石来自内蒙古，要价万元，几经交涉到八千元，遂书四幅斗方。

小鬼：灵璧石，完整无损的小人形状，有双目，有鼻有口，头颅椭圆。身子稍倾斜，双手相拱。有肚脐眼儿和下身。极其精灵幽默。买时围观者很多，都说此石太像人，但因双目深陷如洞，像是鬼，嫌放在家里害怕。我不怕鬼，没做亏心事，而且鬼有鬼的可爱处，何况家里画的有钟馗像哩。

珊瑚：这是一块巨大的珊瑚化石。我喜欢大的，搬上楼的时候，四个人抬的，放在厅里果然威风得很。整个石头是焦黑色，珊瑚节已磨平，呈现出鱼鳞一样的甲纹。珊瑚石许多，但如此大的平石板状的珊瑚石恐怕是极少极少的吧。我题词：海风山骨。唯一担心的是楼板负重不起，每次移动莫不小心翼翼。

胡琴：以前我有个树根，称谓美人琴，后来送了别人。又曾得到过一个八音石，敲之音韵极好，但没有形状。这块石头下是一椭圆，上是一个长柄，像琵琶，但比琵琶杆儿长了许多，且长柄梢稍弯，有几处突出的齿，我便称之为胡琴。此胡琴无弦的，以石敲之，各处音响不同。朋友送我的时候，是在酒席上，他喝多了，说有个宝贝，你如果说准琴棋书画中的一个就送你。我不假思索说是琴。他仰天长叹：这是天意！我怕他酒醒反悔，立即去他家，到家时他酒醒了，抱了这石琴一边做弹奏动作一边狂歌，样子让人感动，我就不忍心索要了。但他豪爽，一定要送我，再一次说：这是天意，这是缘分啊！

人与石头确实是有缘分的。这些石头能成为我的藏品，却有一些很奇怪的经历，今日我有缘得了，不知几时缘尽，又归落谁手？好的石头就是这么与人产生着缘分，而被人辗转珍藏在世间的。或许，应该再换一种思维，人与自然万物的关系不仅仅是一种和谐，我们其实不一定是万物之灵，只是普通一分子，当我们住进一所房子后，这房子也会说：我们有缘收藏了这一个人啊！

陶　俑

　　秦兵马俑出土以后，我在京城不止一次见到有人指着在京工作的陕籍乡党说：瞧，你长得和兵马俑一模一样！话说得也对，一方水土养一方人，一方人在相貌上的衍变是极其缓慢的。我是陕西人，又一直生活在陕西，我知道陕西在西北，地高风寒，人又多食面食，长得腰粗膀圆，脸宽而肉厚，但眼前过来过去的面孔，熟视无睹了，倒也弄不清陕西人长得还有什么特点。史书上说，陕西人"多刚多蠢"，刚到什么样，又蠢到什么样，这可能是对陕西的男人而言，而现今陕西是公认的国内几个产美女的地方之一，朝朝代代里陕西人都是些什么形状呢，先人没有照片可查，我只有到博物馆去看陶俑。

　　最早的陶俑仅仅是一个人头，像是一件器皿的盖子，它两眼望空，嘴巴微张。这是史前的陕西人。陕西人至今没有小眼睛，恐怕就缘于此，嘴巴微张是他们发明了陶埙，发动起了沉沉的土声。微张是多么好，它宣告人类已经认识到自己在这个世界上的位置，它什么都知道了，却不夸夸其谈。陕西人鄙夷花言巧语，如今了，还听不得南方"鸟"语，骂北京人的"京油子"，骂天津人的"卫嘴子"。

　　到了秦，就是兵马俑了。兵马俑的威武壮观已妇孺皆晓，马俑的高大与真马不差上下，这些兵俑一定也是以当时人的高度而塑的，那么，陕西的先人是多么高大！但兵俑几乎都腰长腿短，这令我难堪，却想想，或许这样更宜于作战，古书上说"狼虎之秦"。虎的腿就是矮的，若长一双鹭鸶腿，那便去做舞伎了。陕西人的好武真是有传统，而善武者沉默又是陕西人善武的一大特点。兵俑的面部表情都平和，甚至近于木讷，这多半是古书上讲的愚，但忍无可忍了，六国如何被扫平，陕西人的爆发力即所说的刚，就可想而知了。

秦时的男人如此，女人呢，踞坐的俑使我们看到高髻后挽，面目清秀，双手放膝，沉着安静，这些俑初出土时被认作女俑，但随着大量出土了的同类型的俑，且一人一马同穴而葬，又唇有胡须，方知这也是男俑，身份是在阴间为皇室养马的"围人"。哦，做马夫的男人能如此清秀，便可知做女人的容貌姣好了。女人没有被塑成俑，是秦男人瞧不起女人还是秦男人不愿女人做这类艰苦工作，不可得知，如今南方女人不愿嫁陕西男人，嫌不会做饭、洗衣、裁缝和哄孩子，而陕西男人又臭骂南方男人竟让女人去赤脚插秧，田埂挑粪，谁是谁非谁说得清？

汉代的俑就多了，抱盾俑，扁身俑，兵马俑。俑多的年代是文明的年代，因为被殉葬的活人少了。抱盾俑和扁身俑都是极其瘦的，或坐或立，姿容恬静，仪态端庄，服饰淡雅，面目秀丽，有一种含蓄内向的阴柔之美。中国历史上最强盛的为汉唐，而汉初却是休养生息的岁月，一切都要平平静静过日子了，那时的先人是讲究实际的，俭朴的，不事虚张而奋斗的。陕西人力量要爆发时那是图穷匕首现的，而蓄力的时候，则是长距离的较劲。汉时民间雕刻有"汉八刀"之说，简约是出名的，茂陵的石雕就是一例，而今，陕西人的大气，不仅表现在建筑、服饰、饮食、工艺上，接人待物言谈举止莫不如此。犹犹豫豫，瞻前顾后，不是陕西人性格；婆婆妈妈，鸡零狗碎，为陕西人所不为。他不如你的时候，你怎么说他，他也不吭，你以为他是泼地的水提不起来了，那你就错了，他入水瞄着的是出水。

汉兵马俑出土最多，仅从咸阳杨家湾的一座墓里就挖出三千人马。这些兵马俑的规模和体型比秦兵马俑小，可骑兵所占的比例竟达百分之四十。汉时的陕西人是善骑的。可惜的是现在马几乎绝迹，陕西人自然少了一份矫健和潇洒。

陕西人并不是纯汉种的，这从秦开始血统就乱了，至后年年岁岁地抵抗游牧民族，但游牧民族的血液和文化越发杂混了我们的先人。魏晋南北朝的陶俑多是武士，武士里相当一部分是胡人。那些骑马号角俑、舂米俑，甚至有着人面的镇墓兽，细细看去，有高鼻深目者，有宽脸剽悍者，有眉清目秀者，也有饰"魋髻"的滇蜀人形象。史书上讲过"五胡乱华"，实际上乱的是陕西。人种的改良，使陕西人体格健壮，易于容纳，也不善工计易于上当受骗。至今陕西人购衣，不大从上海一带进货，出门不愿与南方人为伴。

正是有了南北朝的人种改良，隋至唐初，国家再次兴盛，这就有了唐中期的繁荣，我们看到了我们先人的辉煌——

天王俑：且不管天王的形象多么威武，仅天王脚下的小鬼也非等闲之辈，它没有因被踩于脚下而沮丧，反而跃跃欲试竭力抗争。这就想起当今陕西人，有那一类，与人抗争，明明不是对手，被打得满头满脑血了却还往前扑。

三彩女侍俑：面如满月，腰际浑圆，腰以下逐渐变细，加上曳地长裙构成的大面积的竖线条，一点儿也不显得胖或臃肿，倒更为曲线变化的优美体态。身体健壮，精神饱满，以力量为美，这是那时的时尚。当今陕西女人，两种现象并存，要么冷静、内向、文雅，要么热烈、外向、放恣，恐怕这正是汉与唐的遗风。

骑马女俑：马是斑马，人是丽人，袒胸露臂，雍容高雅，风范犹如十八世纪欧洲的贵妇。

梳妆女坐俑：裙子高系，内穿短襦，外着半袖，三彩服饰绚丽，对镜正贴花黄。

随着大量的唐女俑出土，我们看到了女人的发式多达一百四十余种。唐崇尚的不仅是力量型，同时还是表现型。男人都在展示着自己的力量，女人都在展示着自己的美，这是多么自信的时代！

陕西人习武健身的习惯可从一组狩猎骑马俑看到，陕西人的幽默、诙谐可追寻到另一组说唱俑。从那众多的昆仑俑，骑马胡俑，骑卧驼胡人俑，牵马胡人俑，你就能感受到陕西人的开放、大度、乐于接受外来文化了。而一组塑造在骆驼背上的七位乐手和引吭高歌的女子，使我们明白了陕西的民歌戏曲红遍全国的根本所在。

秦过去了，汉过去了，唐也过去了，国都东迁北移与陕西远去，一个政治经济文化的中心日渐消亡，这成了陕西人最大的不幸。宋代的捧物女绮俑从安康的白家梁出土，她们文雅清瘦，穿着"褙子"。还有"三搭头"的男俑。宋代再也没有豪华和自信了，而到了明朝，陶俑虽然一次可以出土三百余件，仪仗和执事队场面壮观，但其精气神已经殆失，看到了那一份顺服与无奈。如果说，陕西人性格中某些缺陷，呆滞呀，死板呀，按部就班呀，也都是明清精神的侵蚀。

每每浏览了陕西历史博物馆的陶俑，陕西先人也一代一代走过，各个时期的审美时尚不同，意识形态多异，陕西人的形貌和秉性也在复复杂杂中呈现和完成。俑的发生、发展至衰落，是陕西人的幸与不幸，也是两千多年的中国历史的幸与不幸。陕西作为中国历史的缩影，陕西人也最能代表中国人。二十世纪之末，中国实行改革开放政策，地处西北的陕西是比沿海一带落后了许多，经济的落后导致了外地人对陕西人的歧视，我们实在是需要清点我们的来龙去脉，我们有什么，我们缺什么，经济的发展文化的进步，最根本的并不是地理环境而是人的呀，陕西的先人是龙种，龙种的后代绝不会就是跳蚤。当许许多多的外地朋友来到陕西，我最于乐意的是领他们去参观秦兵马俑，去参观汉茂陵石刻，去参观唐壁画，我说："中国的历史上秦汉唐为什么强盛，那是因为建都在陕西，陕西人在支撑啊，宋元明清国力衰退，那罪不在陕西人而陕西人却受其害呀。"外地朋友说我言之有理，却不满我说话时那一份红脖子涨脸：瞧你这尊容，倒又是个活秦兵马俑了！

小石头记

序①

　　人是要有嗜好的。古人说，没嗜好的人不可交，所以我也就多嗜好，写字、画画、下棋、唱卡拉OK，收集陶罐、瓷瓶、木雕、石刻，最痴心的是玩石头。我玩石头但没有好石头，又爱那类大一点的，粗一点的，拙笨憨朴的。所居的房子不大，并不置家具和家电，隔三岔五就弄回一个石头来，堆得架上是，桌上是，床上也是，以至于朋友来总担心楼板负不起，要某一日发生塌楼事件。这使我也慌恐起来，谋划了一年之久的要将一块古木化石搬上家来的行动便中止了。我平日吝啬，吝啬花钱吃饭和穿衣；写字能算作书法了，也不肯轻意为人留字，可谁若送我奇石，我会当场挥书答谢的。以后明知有人投我所好，以石索我字画，我也甘心落其圈套。世上的人都是世上的别物所变的（世上的别物前世可能也是人），我疑心我的上世就是石头。

　　有句话"玩物丧志"，别的不论，玩石头却绝不丧志。玩的石都是奇石，归于发现的艺术，不是谁都有心性玩的，谁都能玩得出的，它需要雪澡的情操，淡泊的态度，天真，美好，这就是缘分。

　　我家客多，多到为患，一般的客只在厅里坐了，要么喝白水（当然是矿泉壶的水），要么喝浊酒。只有知己来了，清品茗茶，请赏石头。

　　我夸口我是最懂石的，也最会玩石头的，没想结识了李饶先生，我才知道小巫见了大巫了！在我的两室一厅家里，到处有石头，在他的家里，三室

171

---

① 《小石头记》原为花城出版社出版的图文书，每篇文章配有石头的照片。今收入本书时只取文字部分。——编者注

一厅全都是石头，连阳台上、厨房里、楼道里都是；在我的家里只有我一个人爱石头，我的石头常被家人拿去砸钉子，挡走扇门，或者去压浆水菜；在他家里，老伴、女儿没有不痴石的，我的那些石头只是奇石而已，他的奇石却多是国宝一级的。我是爱好者，他是专家。认识了李饶先生后，我常去他家看石头，也一块儿去山中河中捡石头，我们已经很熟很要好了，虽然他是六十六岁的老人，我小了二十四岁。忽一日，突发奇想，何不为李饶先生出一册藏石书呢？就提议他提供照片，我作小文，怎么样?! 他似乎也激动了，很短的时间就给每一块奇石拍了彩照，并大略记录了每一块奇石的地质名称、形成历史和发现过程，我就在每日完成别的事后伏案作文。天长日久，我们完成了相当数量的工作。现挑出九十六块石头示众。石头是上帝的，它让李饶发现而李饶不敢私存，多一块奇石多一份天真，多看一个人多洗一双尘眼，这是李饶的心愿，我写小文只是辅助他，这如书生赶考，后边跟一个背文房四宝的书僮。

毛泽东像

我们太熟悉了毛泽东的侧面像，在长城上望雪，在庐山上观雾，橘子洲头、碣石之上……那个画家石鲁作《转战陕北》也只是让伟人侧背而立，天下人都知道了毛泽东！但是，沧桑变幻，岁月无情，一切都俱往矣，一代领袖不可能站在天安门城楼上招手，面对着牙牙学语的儿童，我们只有指点着人民币上的头像，说：这就是毛泽东！讲述那二十世纪的一段辉煌的中国历史。

伟人永远存活于历史之中，如秦皇、汉武，则天于唐，乾隆于清。然而，藏石的风气数千年里，正文中野史中从未记载过某一天之骄子影显在石头上，然而毛泽东的头像却在象征着中国之母的黄河道中，清晰毕然地出现于一块石头上！

历史上似乎出现过鱼腹中有人名的事件，但那是一心想当皇帝的陈胜，借用迷信造反而人为的手脚。这块石头却是真的石头，高二十三公分，宽二十二公分，石头呈深黄色，而毛泽东坐像则呈紫红色，更奇妙的是围绕着毛泽东坐像的四周呈白亮色，如佛之光。

这真是一件国宝。

国宝出现在一九九三年十月十七日上午九时。

九十年代初期，在中国的大地涌现了怀念毛泽东的热潮，已经去世近二十年又一次红爆的毛泽东，他不再是伟大领袖的身份，而在民间却成了神：家里贴毛泽东像可以降福，身上戴毛泽东像可以防灾，车上挂毛泽东像可以避祸……李饶当然不是信神论者，但李饶却在梦想，几时能找到一块有毛泽东像的奇石就好了。这样的心思怀了两年，那一日在兰州的自由市场上，果然就发现了这块石头。他以为自己心切而看花了眼，待抱了石头又摸又敲，知道石头是真的，自己并未做梦，立即问卖主的价钱。卖主说："二百元。"李饶放下石头，离开摊位，问同行的朋友借钱。朋友说："二百元你要？"李饶说："不要声张。五百元我也要！"离开摊位了，又怕别人买走，又跑过来把石头抱在怀里了。卖主却痴眼儿看起他，问："你是哪里来的，是河南人？"李饶说："是河南人在西安工作。"卖主却问："那你知道不知道西安有个奇石收藏家李饶的？"李饶倒奇了，说："你认识李饶？"卖主说："我在杂志上见过他的照片，我觉得你长得像他呢！"李饶知道这石头是与他有缘了，就点头称是，卖主喜欢起来，当即以一百元卖给了他。

天若有意，将毛泽东降生给二十世纪的中国，毛泽东死后若真成神，显形于黄河之石上，这真是人间的一段传奇。李饶永远在感念着那个兰州的卖主，而国人却在到处流传着李饶的得宝功绩。

太　阳

　　面对着这块石头，脑海里总是陕北黄土高原上的一幕：

　　太阳油盆似的在空中，没有风，也没有云，涵虚蒸腾，草木不生，但黄土地上生人，人扎着毛巾，系着腰带，手脚并用地踢打腰鼓，鼓声一片，呐喊一片，尘土一片。这里太空旷而瘠贫，但人要生存下去，就得制造声音，用鼓声和呐喊来激励自己。

　　羿恨日，用箭射之，是一种态度。李贺玩世，"敲日玻璃声"，是另一种态度。黄土高原上的农民，恨不得，玩不得，就敬日如神，崇拜太阳，一辈一辈，终年累月，在太阳下虔诚着，劳作着，繁衍着。

老树春深更著花

　　这是一幅精妙绝伦的泼墨山水风景画，面对着它，文字已无法描述，始信美术就是美术，文学就是文学，谁也不可代替了谁的。

　　更喜的是此石高十九公分，宽三十公分，厚九公分，重十公斤，体重较大，又呈规则的长方状，易于供放。

　　有言说，女人是一架琴，男人是琴手，嫁着好男人了就奏出的是美乐，逢着孬男人了只弄出一团噪音，石头有灵性，也是如此。这方黄河石就是遭人唾弃，乱堆于一户人家的窗外的，李饶遇着它的时候，尘土蒙石，水痕斑斑，且上覆一只裂了跟儿的女式臭鞋。它含屈忍辱地等待着李饶，终于一九九四年秋天物归其主，神归了其位。

红碧玉

这方石头的色彩可与雨花石媲美，而造型又似灵璧石，既有钟乳石的天工，也有文石的神斧，其凝重像崂绿石，其秀美更像太湖佳石。它的好处是我们难以说清，但确实能给予愉悦——这也就够了。

所谓碧玉是一种含铁及其他的二氧化硅物质。它充填于火山气孔中，经千百万年的剥离、淋滤、风吹雨打，因受原始气孔的形态制约，才形成这般的形状、色彩和质感的。

一九九五年的夏天，西安天气热得起火，李饶仍是一有空就往山上、河滩跑，人黑瘦了一圈。一日听说城外八仙庵院里有几块奇石，携妻带女便去观看，抱着那石头又是照相，又是感叹。但石头已是仙物，要不得买不得的，与八仙同赏一石，已经满足了。出了庵门，已是黄昏，文物市场上又碰上石友翟留堂在出售一块丑石，但这石也太丑，丑得不见其美，李饶便问谁还卖石头，回答："杨××。"问杨××家住哪儿？翟留堂只说了大概方位，便一无所知。李饶竟来了劲儿，立即过街穿巷去寻杨××。直寻到月上梢头，到了杨××家门口了，门却锁着，邻居说可能去某某处的亲戚家，他就搭出租车往某某处。偌大的西安城几乎跑了多半个，某某处却未寻到。深夜两点返回家，翌日清晨起来又去杨××家，大雨却下得瓢泼一般，赶到杨家，主人仍不在，就索性蹴在屋檐下等，喷嚏已经不断了。待到在杨的几十件风砺石中选出了这块碧玉，李饶笑着说："我说得到它怎么好难哟，果然是个娇贵东西！"

脑响石

这方奇石产生于距今八亿年前的震旦纪地层中，发现在陕西洛南庙台子乡，为商南县科技副县长罗松先生所赠。

论石质并不稀罕，钙质结核。外形和大小酷似人类大脑，奇在稍一摇动，便发出咕嘟咕嘟的响声。

李饶收藏后，凡来参观的人，没有不抱着摇晃几下亲耳听一听响声。后来便有流传，说摇此石头可以醒脑，便惹得许多高考生来摇。一日，李饶家附近一对夫妇吵架，为那女的丢三落四，常常遗失东西，男的骂"有四两猪脑子！"女的也觉得自己没记性，就跑来李饶家要摇脑响石。抱着摇了三下，不慎石头滑手掉在地上，吓得李饶大呼小叫，忙捡起了，石头没有破裂，但已碰伤了一块。遂后再不轻易让人摇。

母　爱

　　即使猛虎，猛虎也不伤其子；母爱是人的本性，也是一切动物的本性。但是，母爱表现出来是那样地琐碎、平庸，甚至啰嗦和厌烦，任何好的真正意义在于并不觉得好在哪里，如身体健康的时候是全然不知五脏六腑的部位一样的。

　　我陪一位朋友去李饶家看藏石，朋友站在这块石头前的时间最长。他问我："爱是什么？"我一时难以回答，他说："爱是一种牵挂。以前我并不是个孝顺儿子，当我有了自己的孩子，我才体会到母亲对我的爱了。"

　　此石为陕西第八地质队高工张友发一九九二年在户县涝峪河发现，赠于李饶。李饶将其分别给十几人带回到家去观赏过，这十几户人家的男女老幼在瞧过稀罕后莫不谈论母爱之事。

　　世上有试金石，有定情的桃心玉坠，有象征婚姻无始无终的玉石镯，但还没有过母爱石。此石不可无一，但此石图案太巧奇逼真，也只能不可有二了。

小　孩

这孩子，才学会爬吧，娘在厨房里去择一会儿菜，他就在床上爬呀爬呀，那枕头是他的玩物，或许，他视枕头是最大的障碍物，他就第一次爬过去，爬过去了，却并不欢呼，却甜甜蜜蜜地睡着了。

人之初是四条腿的，四条腿的不如两条腿的聪明，但聪明的两条腿的人却贪婪成性，物欲纵横，他为其而所得，更为其而所累，直到活到了三条腿——一条拐杖的木腿——才知道人生最好的状态，是婴儿期了。

小者为好，可不能不老，如眼睛看不见眼睛，人也难以知道自己的婴儿期，瞧着这孩子，就让心中多一点童真。

幼　年

俗语说：老了不说少年。可老了怎能不说少年呢？少年是人生最美好的一段，生命力强、天真、快乐，无忌也无畏。人越是长大，人越是讨厌起了自己，就越怀念甚至模仿少年，所以才有了年老的人从相貌、脾气、爱好都像儿童的现象。

这块石头，李饶是在基建工地的石料堆里捡到的，捡到的时候大呼小叫，之后数年间装在身上，见人就让人看，没人了掏出来自己看，常常嘿嘿地笑个不已。此石孩唤名："小清"，取清正之意，但不姓李，姓石。

巨型恐龙蛋

　　数年前，河南西峡发现了大面积的恐龙蛋化石产区，恐龙蛋便成为人们议论的焦点，不时传说着某某收藏着七个的，七个连在一起，是一窝的，某某处展出的一个，有洞，洞里正爬出个小恐龙头，某某走私，逮捕于广州白云机场，判处十年徒刑。人人似乎都说恐龙蛋，但恐龙蛋是什么样儿，十有九人却未见过，当在古生物化石馆真正看到原来蛋仅拳大时，差不多的人又都疑惑不解：那么个庞然大物孵出于这般小个东西?!

　　蛋确实是小，而且既然称为蛋，都是圆形和略显椭圆形。

　　但是，一九九三年九月，上海举办"首届中国名人名家藏石精品展"，李饶拿去了他收藏的一个恐龙蛋，立即震动了大会乃至全国藏石界和地质考古界。这个恐龙蛋一是大，长四十三公分，二是形怪，为椭圆形。此石被誉为"稀世珍品"，当然地被评为那届精品展的一等奖。

　　李饶的奇石，每隔数月，轮番在"痴石斋"陈列，但这个巨型恐龙蛋化石却始终占据在耀眼位置。来家观赏者千人万人，没有不对此石说一堆赞叹话的。巨型恐龙化石是李饶的明星石。

三叶虫化石

三叶虫属海生游移和漂游动物，开始出现于早寒武纪，以寒武纪及奥陶纪最繁盛，志留纪已经衰退，古生代末全部灭绝。其化石是地质工作者划分地质时代的主要标准化石。

三叶虫化石虽然十分珍贵，毕竟在地质博物馆和一些收藏家那里能见到，但这块化石长二十公分，宽十五公分，如此之大，却使所有观赏者叹为观止。有趣的是，这块石板上，为了衬托大三叶虫之大，旁边竟有一只小三叶虫，活该是虫的父子。虫父或许是老了，喜欢沉静，沉静一肥而大身躯无处不表现着世故、自满和雍容，虫子却掉头往石板边沿去游，是那么地轻盈和顽皮，我们似乎在听到虫父嘟囔：游吧，游吧，看你怎么游出石板去！

"游戏"一词是否就这样产生了？！

鸮头贝化石

鸮是一种性情凶猛的鹰，鸮头贝貌似鹰头而得名。属腕足类动物。虽是单体海生底栖生物，但具有两瓣硬壳，壳体呈方形或球形，壳质厚，腹喙高尖而向内弯。其化石主产滇东、桂中泥盆纪地层中。

此化石除了它的考古价值外，更奇在一个基地上成窝聚有鸮头贝化石三十个，而且多数腹喙位置在上，其中最大的一个高高突出，如一个庞大的鹰的家族，在长途飞行之后，由父亲在警卫着，其他全都安然入睡了。

这群贝，也假或这群鹰，有父亲在警卫着，不怕了任何仇敌，安然睡去，可突然地天崩地裂，海枯石烂……幸好的是孩子们还睡着，一睡世上已是数亿年。

珊瑚化石

　　我们能看到的是一截凤尾，或许，只仅仅是粉蝶的一翼；高傲的凤头在哪里鸣叫？风流的蝶失落了，另一翼又折断在何处？这是一个月也徘徊风也无致的晚上，地壳发生了变化，早已形成的珊瑚化石群的山石破裂了，这一块的，就脱离着母体，被河流搬运着、冲刷着，最后静静地躺在陕西宁强县的杨家河滩上，等待发现。这一等，竟是上千年，几万年。

　　一九九二年七月，天上的太阳白光光的，李饶夫妇在河滩的一棵树下坐着，他们争辩起这是凤在求凰呢还是凰在随凤？这一只蝶是梁山伯呢还是祝英台？他们争辩了很久，以致太阳西行，树荫已移动了半圈，他们终于从那幻想的境界中出来，惊叹起珊瑚的美丽了。珊瑚是美丽的，然而珊瑚是以死而美丽。夫妇俩从树下走开，往天上看着，这时天上太阳还是白光光地灿烂着。

链珊瑚化石

珊瑚化石容易得到，但像这块有着一簇簇小珠子链在一起，组成一串一串项链的纹图珊瑚化石却稀罕了。

李饶是一九九一年得到的。李饶的人缘好，朋友就特别多，这些朋友不是利害上的来往，也不是酒肉之交，所以友谊十几年、几十年长驻，当他玩起石头后，所有的朋友也都帮他搜寻。朋友们于是有了习惯，逢年过节，不带酒不拿烟的，抱一块石头去。偶尔生病住院了，去医院探望也是送石头。这一块石头，就是去拜会老友祝玉堂，祝玉堂就说："这些项链早就候着你了！"李饶说："哈，这么多，我得摆个首饰摊了！"

有这么多的项链，真可以摆个首饰摊位的。可天下有百万富翁富婆，却谁能买下一串挂在脖子呢？

海百合化石

这块石板高六十一公分，宽三十八公分，上边布展五十条海百合茎和一枝完整的海百合。完整的海百合茎长二十三公分，冠宽二十六公分，高十七公分。如此多而清晰地和这样雄伟壮观的海百合化石，使许多古生物学家、地质学家叹为观止。

海百合为棘皮动物门类。棘皮动物是无脊椎动物中最高等的一种，主要分海胆、海林檎、海百合及海星等。在我国奥陶纪至侏罗纪海相地层中均有发现。此化石产于贵州中三叠纪薄层灰岩中。先为贵阳刘秀成收藏，一九九五年六月几经辗转，方到李饶处。

纳玛象下颚臼齿化石

如果纯然看石头，造型奇拙，气势雄深，如古井台的石圈一半，如簸箕，如英文字母 U，然而这石头却是二百四十万年前的黄河纳玛象的下颚臼齿，在地质学者的眼里，有着极高的科研价值。

在李饶的寻石日记里，这样写着得宝的过程：

老伴张雪枝帮我清洗和搬移奇石时扭伤了腰，疼得卧床不起，我便向老干处要车送她到医院检查，怀疑是不是骨折了。老干处便派司机张三弟同志来，张是我的朋友，我们曾一起去泾河拣过几次石头。他坐下来说："前几天我开车送客人到半坡博物馆参观，门口有两个农民卖化石，样子像一双鞋底，不知是什么化石，我看了一会儿因有事就开走了，卖掉没卖掉不晓得。"我听了，竟忘记了给老伴去看病，便说："马上开车到半坡博物馆！"站起来就走。到了半坡，先找到馆里一个认识的熟人，他帮我们寻到一个姓高的工程师询问事情经过，高说化石没有买，让他们拿回去了，并进行了登记。这两个卖化石的农民一个是三桥镇后围寨村第九村民组的沈洪义，一个是第十六村民组的段洪利。我们立即转车往后围寨村，先找姓沈的，沈不在，又找姓段的，便见化石在院内放着哩。我一看，是纳玛象下颚臼齿化石，既有科研价值，更有观赏价值，实在是罕世之宝！我问这化石是从哪儿得来的，段说是他和沈十二月二日在村西挖砂挖出来的，十二月四日至五日他们两次骑自行车去西安半坡、碑林等博物馆，可这两处没有收集这些东西的专项开支，都不要，便又带回来啦。段说完便看着我，说："你们来是光看一看，还是要买的？"我回答："价钱合适了就买。"段说："你看着给吧。"我说："你指个数好商量。"段说："只要把去西安卖化石的两天费用给我们就行啦，放在这里也没啥用的。"我说："给二百五十元行吗？"段说："二百五不好听，再给添点。"我付给了三百元。我们回到西安，已是下午四时，我和三弟同志这才觉得肚子饥了，去泡馍馆吃了饭回家，猛地想起给老伴看病的事，怕老伴责怪，一进门便抢先说："嗨，我给你报告个好消息！找了一块好化石！"没等我和三弟把化石放到凉台，老伴竟已披衣下床来要看。她本来病得在床上翻不过身，这阵却好了一样。她也是个石痴，就这么一着急下床来看化石，把腰伤给治好了。这真是个宝贝，还能治病哩！

乳齿象牙化石

这是一块有极高科研价值的石头，长三十三公分，高十八公分，发现于汉江，为一九八九年四月六日朋友李忠芳所赠。

面对着珍品，我们暂不去做考古专家，那么，底座的部分是极普通的，而那七排小石却是那么地精美，晶莹、光洁，如玛瑙一般。宝鸡钓鱼台的地方，是有一块屋大的石头，相传是女娲补天时所遗，石上深凿了四个大字：孕璜遗璞。那一年去拜见遗石，总猜不透何为孕璜，今见了这块石头，猛然才醒悟了许多。污泥生红莲，朽木长木耳，丑陋的东西里常常蕴含着美好啊！

观赏着奇石，又不能不想到这是象牙化石，那么，三百八十万年前的汉江岸上，蹒跚的又是怎样的一头笨象呢？它活了十年或是百年，咬嚼了多少藤草和树木，留下来的竟是牙齿。这一切要告诉着我们：动物靠牙齿存在吗？牙齿开创了世界吗？

猴　子

　　一个小孩问我："人是什么变的？"我说："猴子变的。"小孩说："噢，怪不得公园里的猴子越来越少了！"

　　我问李饶："这只猴子是什么变的？"

　　李饶说：在九亿年之前吧，世界进入古生代，那时海水漫漫，辽阔的浅海区内，有了最早的生命——原始藻类植物。这种植物能从周围的环境中呼吸二氧化碳，所以得以大量地繁殖、生长、构造礁体。礁体的蓝绿藻丝状体分泌胶状黏液，捕获各种漂移的灰绿珠粒，形成富屑纹层，然后藻细胞生长展布在富屑纹层表面，再形成新的富屑纹层。如此一而再，再而三，层层叠叠起来，就有了这海藻化石，就有了这猴的形状了。

　　小孩子如果在场，不知他又该说出什么呢？

猿　人

　　教科书上讲：人是由猿猴变的。那么，我们人类的这位祖先却缩蜷在一块小小的鹅卵石里。它是那样丑陋，又是那样憨态可掬，是靠坐在一棵树下或一堵墙根吧，怀里搂抱着一个西瓜，瓜并不切成月牙状，而是拦腰截开，可见它还年纪少小，放了糖搅拌了瓜瓤吃，丰满的嘴微微张开，眼睛却眯着，在为甜爽的瓜味陶醉，也或是轻唤了同类：喂，你尝尝，好吃哩！

　　不管现在的人如何伟大和精明，我们的祖先却是这副形状；知道了人的生前为何所变，而人死后又会变为何物呢？

熊

　　字画的保存分两种，一种是字画特别好，一种是收藏字画的人声名显赫。藏石也如此，有价值的石头必须在石质上、造型上、纹理上、色彩上有特点，但有些石头并不怎么样，却因曾经被某某伟人名人玩过，而身价百倍。这一件石头，可称得上石中极品，不论从任何角度上都无法指摘它，尤其那些起伏的凸凹，十分准确地构出熊的骨骼和肌肉，表现了这种大兽的内在雄力和气势。可以说，此石家传是家珍，放在寺庙有龛位，收在故宫，就是国宝了，但此石却是从砸石场上拣到的。它生成了几百年、几万年，在那一瞬间里要被锤子击碎，一个老太太瞧着光滑，抱了回去作压酸菜用，它又在浆水大瓮里浸了两年。李饶发现它的时候，李饶是哭了，他抱怨着老太太，又感念老太太，拿了钱给她，老太太倒不收，说："我要什么钱？你要不是压酸菜，夏天当枕头好凉快哩，只是这个角长些……"拿了钉锤要帮李饶敲下熊的头。老太太爱此石，却不识此石，李饶将此石清洗后置在家中最显要位置，他告知家中老少，一定要好好善待此石，心下却想到了韩信庙里一副联语："生死一知己，存亡两妇人"，不知此石到底何等命运。一九九五年十月李饶因病住院，特嘱咐为此石写下他的担忧。

狗　熊

以为是灵璧石，实际是洛河石。北方的河流，多产奇石，又各有特色，自成体系，洛河石便是其中之一。此石呈深蓝色，石质腻而不滑，分在各部分，又无缺无损浑然一体成了个狗熊造型，其古朴、粗犷、刚健为藏石中少有。

文人相聚，多以诗文答谢酬和，李饶玩石以来，以石会友，广交了天南海北雅性之人，每每谁得美石，不远千里前去观赏，谁缺某类品种，又舍痛割爱相赠。这里没有人事纠缠，没有倾轧和排挤，上不必谄媚，下不用呵斥，人与自然接触，一任自在适应，且友谊纯正长久。此石就是洛阳王定祥先生所赠。

王先生赠此石而不是别的石，取意于熊的厚重和憨态；在机巧之风日盛的时下，做到自重与世无争，是为人为事最好的也是最起码的洁身之法啊。

仙　鹤

八大画鸟，一只白眼，一足独立；这鹤画得：眼也是白眼，懒得去睁，足也是独足，并不直立。八大的鸟是激愤的鸟，这鹤是超越激愤更趋淡泊平和，它毕竟是仙鹤。

画石为黑白两色，随意一抹，焦墨飞白，水不呈现柔性，水的流速却紧急。鹤身用笔讲究，全然以淡墨层层晕染，出现纹理效果，使羽毛毕现；焦墨画喙，枯笔皴顶。

世上有收藏字画的，懂与不懂，皆四处搜罗，费尽心机，却少有在石上觅寻的。那么多的画家去临摹唐宋画本、明清画本，几个又注意到上帝的作品呢？

白松鼠

　　一般的纹石，略略有个图像，已经是难得了，这块石头出现的是一幅精妙的水墨画。斜空横抹两笔，线条提按曲折，便是古松了。而松鼠呢，泼一团白的墨，墨分五色，干湿浓淡，形是形，神是神；一笔抹过去的尾巴，水墨晕染，让人感到了毛茸茸的柔软。观这样的画，你明明知道是石头，但你不自觉地会在石头上寻找石涛的印，或者八大的印。

　　此石获得于宁强县毛坝河。

　　一九九二年七月，李饶夫妇去陕南，原本是要觅寻菊花石的，两天的长途跋涉，黄昏到毛坝河，投宿的小店旁是一滩乱石，乱石中弯弯的有两棵老松，便见一只松鼠站在树根上洗脸。老两口大呼小叫，松鼠如影子一般蹿上树，就什么也看不见了。进店吃了饭，天已大黑，上床作睡，天未明起来去滩上拣石，出奇的是老伴竟获得了此石！李饶惊喜不已，说是天意，一口认定这石上的松鼠就是昨日见到的松鼠，只是颜色变幻罢了。自此在陕南半月，石头总揣在怀里，不时掏出看看，害怕松鼠调皮，又从石上逃掉。

洛　翠

古人论美人，讲究态度。但态度从哪儿看出，古人也无法具体描述，比喻火之有焰，灯之有光，是一种能感觉出却说不分明的事。石头也如人，这块石头不是以异矿物质而透明和色彩艳乍，也不是有图有形或丑中见美的那一类，它朴素而明丽，简单而浑厚，但人见人爱，爱而生清正之慕。

以灵性学的观点，灵魂是不生不死，无始无终的，它可以轮回，不单在人类的身体内寄存，也同样寄存在动物、巨禽、鱼类、昆虫、树木和石头的身体里面。它的轮回就是前世、今世、来世的过程。那么，这块石头前世一定是女人，高贵的纯净美丽的女人。

我问李饶，此石得于何处？

李饶说："洛水。"

噢，洛水之上，神女往焉，我肃然起来，轻唤着甄妃的名字，坠入了洛神回眸一望，水波连天，鼓乐齐鸣，龙飞凤翔的境界。

佳　人

　　那年走四川，见了许多人和事，在笔记本上写了"好绿墙上苔，佳人竹下影"二句，今见此石，石中身影似曾相识，又不知是谁。看那风披裹身，楚楚而立，有点像秦淮河上的姐儿香君，盘头高髻，抱臂胸前，还像是宫中的武后媚娘，而眉眼敛收，面挂凄愁，分明又像了军营虞姬呢。女人能留下名的只有皇后妃姬和青楼女子，然而世上的蝴蝶多多，如张爱玲说，每一个蝴蝶都是女人来寻找前身的啊。

　　这一个春季，夜夜晴朗，黑里将门关好，不让月亮进来，朦胧之中，架上的此石愈发显白。石一显白，窗纱便刺啦一响，天明开窗，窗台上就要有一只僵死的蝴蝶的。这样的蝴蝶死得很多，先以为是屋前那丁香树招引，而窗纱上又喷了灭蚊的药剂，后蓦地疑心起是为了石影，这么多的蝴蝶都为一个石影来，就理会石上的人并不是贵妃和名妓，而是寻常人家的妻女了。可怜的佳人，曾经是张氏或是王女，活在芸芸众生里，死了灵魂也难以寻觅吗？在窗台上为众蝴蝶收尸，压在书本里，又拼贴成一幅画来——两世里不知名与姓的，毕竟还留下了美丽。

仕　女

　　世上有万事万物，石上就有万事万物的图形，但什么时候找到，在哪儿找到，由谁找到，这却暗藏着一种神秘的缘分。这方石头，一个文文静静的仕女，不知是哪个朝哪个代的，偏偏流落在镇安的乾佑河。一九九一年李饶夫妇原本不经过那里的，可因另一条路塌方，改道走河边道，原本走得好好的，车又发生了故障要修理，他们得以机会在河滩多待一个小时，原本河滩石头被泥水糊着，什么纹理都难识辨，却恰恰下起倾盆大雨，于是，就与这仕女相识相见了。

　　仕女在李家已经四年，虽然没有出现过她从石上走下来做饭的神话，而许多画家是来临摹了，他们对于构图、线条、用色叹为观止，李饶才晓悟这不是寻常家的女子，她应该是才女，是绘事教授，是司管文艺的神仙。

史湘云

　　《红楼梦》里，有一个活泼的美女，史湘云，曾经在酒后醉卧花丛。这个美丽的故事，画家画过，玉雕家雕过，大多的中国人都在为这个女人而赞叹着和欣赏着。活得率真无邪，又潇洒浪漫，尘世向往，天地间也歌颂，才使我们看到这一块雅丹石吗？

　　古诗里有两句——

　　　我醉欲眠卿且去，
　　　明朝有意抱琴来。

　　史湘云不拘礼节地睡去了，我们明日一定把琴抱来，为她，也为我与你。

歌舞俑

历史博物馆里，见过出土的歌舞俑，这个石俑的装束和神态，可能也是从武帝那儿一直歌舞下来的。一袭青衫，领口宽大，可以断定是男人，随时要梗长脖子，将瘦峥峥的肩与胸露出来，如当今摇滚乐星。袖子同女人的袖子一样长的，但却少作抛状，手在里边攥着袖头，以显歌舞的猛劲。发还是往上梳，于当顶作小束，扎一片方巾。鞋是起跟皂面短靴吧，鞋尖微微上翘，翘头为白，一足跃起来衫摆遮住，一足斜蹬，能看出一点白的。整个俑，弯腰垂头，双臂后扬，上部幅度大，下部小动作，似作鼓上蚤舞。

这歌舞者是谁，没人理会，古时所有的歌舞伎不会留名姓的。达官贵人招之就要来，挥之便退去了，真正的他是在歌舞中忘了自己。灵魂和附着灵魂的身躯是两回事，伟大的灵魂可能寄存在卑微的躯体，富贵的躯体也同样可能寄存着顽劣的灵魂。但是，世俗里往往只看躯体啊！我这么说着，今晚看石俑愈发形神兼备，栩栩如生，他这么一直歌舞下来，而且让我看到，就为着这一句话吗？

达摩面壁

　　差不多的水墨画家都画过"达摩面壁"，或眉目凶怪，或眉目慈顺，但没有一个是敢无眉无目无鼻无口的。达摩踏一苇渡江，面壁八年静坐，他是参透了天地玄机，天地造出这尊达摩也赋予了成佛后的境界是什么。

　　面对着这块花灵璧石，我们为我们的凡身俗知而羞愧了。

太白醉酒

对佛不了解，没有身心浸淫于顶礼膜拜的宗教意识里，现在的美术学院的学生塑佛像，怎么也不如以前庙里塑像有神气。而缺乏一种时代的精神，我们的艺术家徒有才华，但到处可见的那些城雕，再也看不到如茂陵的那些大气的作品了。

唐代于我们是一个神话。唐代或许是华夏天地永远保存的一个梦，因为它仍在制作着唐时的艺术品给当今的社会，这就是这方造型石的出现。

假若曾经是唐都的西安要"重振唐风"，建立代表这个城市的最大雕塑，试试！把这块石头放大一千倍，一万倍，其艺术的辉煌和辉煌的艺术产生给世人的启示，绝不会亚于秦兵马俑的。

匮乏了想象力呵，物欲横流，逐名追利，只能使我们沦落成琐碎和卑微。

并蒂莲

　　一个人痴石容易，难得的是在家里老婆也痴石，出门朋友们也痴石。一九九四年，李饶和张雪枝去泾河寻石，张雪枝跌断了胳膊，夫妻俩只好在家闷了数月。一日，贵阳的刘秀成来电话，说采到一件"并蒂莲"石，好得很，要送给他们。并说："这石头只配你们夫妻收藏哩！"数日后，刘秀成果然到，打开红布包裹的石头，夫妻俩乐得又跳又叫。石头是钟乳质的，石花为溶洞水流飞溅，碳酸钙沉淀而成，同一个茎上，两朵莲花并排盛开。花瓣白中透青，愈显圣洁，瓣面光滑晶莹，似有油腻，落水竟能成珠。夫妻俩便将此石视为命石。

　　天上有比翼鸟，地上有连理枝。李饶夫妻一生痴石，前身或许是石头所变，死后或许又变为石头——所幸的是在世之年竟看到另一个自己，是石，是石之莲。莲是佛物，痴石痴出个佛来。

海百合

独树一枝的百合，茎长三十七公分，冠开八瓣，直径八公分。花并未昂头怒放，微微收敛了，低头下垂，这该是静夜子时，无风无尘，沉思天地间的这般硕大的孤寂，还是哀叹花开又要花落而不得赏识的命运？孱弱得如一介文人，羞怯又如乡间倚了柴门的女子。

我们实在感念李饶先生把它从静谧的海湾移来，或者，从空山幽谷里植栽来，使我们都生了怜惜，似乎口鼻里已闻到了浮动的暗香，却不敢去摸那花瓣，一摸就要掉了，也不敢出大气，气会呵弯了那茎的。

但这花瓣永不会凋谢，因为它长在石板上。这百合并不是植物，是动物，有柄类动物，而动物也已经是化石了。

这简直是不可思议的事！可古生物史书上却明明白白记载着两亿多年前的三叠纪海洋中曾繁盛着这种动物，它形同百合，才有了植物的"海百合"雅号。

当然，茫茫人群里又有几人是地质学专家呢？以至于络绎不绝来观奇石的人都误认为这是人工雕刻而成的。嘻，在现实生活中，往往一些伪造的东西被误认为真的，而真的东西又被误认为人工伪造。假作真时真亦假，真作假时假亦真。也正于此，李饶更珍贵了这块海百合的石头，特嘱我在石板上题字凿刻：山水方知身洁好，低头更闻花幽香。

金葵花

一盘金光闪闪的葵花！

金葵花为谁而开放？为皇帝?！为贵夫人?！为见到它而要产生的强盗?！和氏璧是和氏所采，金葵花当然给知己悦己的李饶容。

李饶知它，在藏石日记中写道：

此石为异矿，黄铁矿晶体。化学成分 FeS_2。常有 Co（钴）Ni（镍）置换 Fe（铁），而分别称之钴黄铁矿和镍黄铁矿。硬度 6—6.5，比重 4.9—5.2。其矿形态各种各样，常呈粒状，纹密块状，球状，碟状，纺锤状。表面为黄褐色，俗称假金。

金葵花原来只是个石头，但黄金有价石无价。人生的幸福其实仅仅是一种感觉，在收藏奇石异矿的过程中，藏石人拥有了最大的富贵，拥有了最大的华丽。

月季花

这是方黄河鹅卵石，硅质石英岩，硬度大，滚圆度好，色彩鲜艳。石上的月季呈赭红，茎上生刺，叶中有脉，花瓣反正有别，着色深浅有致。

在陕西，有许多著名画家，以善画某一题材而誉"某某王"的，当月季王罗国士去李饶家赏石，见到此石，惊骇不已，浩叹：人画不如天画啊！

石拣于一九九三年十月的兰州黄河滩，同行人宋志刚。

腊　梅

一九九一年八月，李饶回到河南老家探亲，少小出门，老大归里，自然要去探望当年一块儿共过事的老战友。有个叫杨丙坤的，一九四八年任郏县区委宣传委员，李饶是那时的区公安特派员，两人关系密切，数十年不见，四处打听，知杨已离休回汝河南岸的堂街乡了。李饶赶到杨家，一壶浊酒，万般感慨，昔日的往事一一叙说，成了一个上午的下酒菜，也成了自后两位战友人生之途嚼不尽的干粮。当李饶问起杨丙坤回村后的生活状况，杨丙坤说离休后回村主要是为了儿子能安排上工作，回来了也好，村干部分配给他的任务就是在汝河滩看管防护林和砂石料的出售。李饶唏嘘了一番，便提出去河滩看看。原本是为友情而去，怀旧而去，暖和的太阳下，两人仰躺在沙石上，指点那山那沟那堤那桥，追忆这曾经洒过他们血和汗，印过他们足迹的旧地，没想一侧头，李饶竟发现了身旁不远处的一块石头。这石头就是这块腊梅石。

腊梅石长十四公分，厚六公分，宽七公分，纯黑底色，上呈一枝腊梅，梅有蕊有瓣，黄深浅层次分明，其鲜活欲出，似乎把石一摇，即可抖落下来。

李饶说这是图案石，杨丙坤却说是梅花的化石。两人争执不休，最后杨丙坤认输了，又疑心是古人刻在石头上的画，他说："哪有石头上生这么像的梅花?！"恰送李饶坐了车要走时，头还摇得如拨浪鼓似的不肯相信。

葫　芦

　　孙思邈在世的时候，长安城里有几家开办大肠泡馍馆，大肠泡馍营养丰富，但大肠不易洗涤腥臭味，店主便加重辛辣调味，往往又不是太辣了就是过咸，生意并不见好。孙思邈从耀县来城里行医，在一家饭馆吃饭，眉头皱了皱，临走找店主说了一番话，开了一个药方，这家饭馆依方子配味，做出的大肠泡馍果然汤鲜肉嫩，味美寻常。店主为了感谢孙思邈，就将一个药葫芦悬挂店门口，上书一个"孙"字。生意兴隆起来，所有的大肠泡馍馆纷纷仿效，门口都悬挂了葫芦。

　　现在的西安，到处都见有大肠泡馍馆，门口虽然不悬挂葫芦了，店招牌却一律书写有"葫芦"二字。

　　李饶的这个葫芦，形状古朴，颜色深沉，会不会是唐时哪一家饭馆门口悬挂过的？问李饶，李饶笑，只说明他是在泾河滩上发现的响葫芦，葫芦没嘴。葫芦里到底还装着没装着药，装的又是什么药，就更不知道了。

紫晶菠萝

　　紫晶已经够珍贵了，而发育得这么完好的棱柱状晶体如菠萝，就更加珍贵了。菠萝生于南方，北方普通人家一般极少吃到，这紫晶原在一户人家，是家中来客了，端上苹果、葡萄和梨，中间也就再放上这紫晶菠萝，是一种意吃，如许多不产鱼的高原区，待客席上要放一盘木刻的鱼一样。后来几经周折，李饶购得，当然没有以此待客，但凡来客，莫不捧在手里，说真像菠萝，果肉细白，水分多多，甚至嘴就嚅嚅起来，汪起满口的涎水。古人有望梅止渴之说，今望紫晶菠萝，就吟起"忆江南"的小令来。

震旦角石

五亿年前，海里生一种动物，壳体圆锥形的直长，表面具波动横纹，如竹笋。如果纵面剖开，便能看到指向壳尖端的漏斗状隔壁，如果横面切断，又可见到圆而小的体管。它凭借这体管和隔壁吸入排出气体而活动的。

现在，我们看到了它的化石，叫作角石。

这个角石长九十公分，壳体完整，可贵的是纵向切面自然风化显露了其内部构造。

试想，当年的海里，到处都咕涌着这种动物，场面也够瘆人，也让我们嘲笑它们生理结构如此简单，而如果真有外星人，按下云头一看，地球上的人如蚁奔忙，不知又该作如何的鄙夷啊？！

纹理石

岩石受自身析出的铁离子染色，沿节理裂隙充填，从而形成的氧化铁（锰）的沉淀，就使我们欣赏到了这块纹理不则不规的燧石。

正是这燧石的不则不规的红、黄、黑、白线条，构成了一件颇具西方现代绘画意味的作品。

在六十年代的中期，李饶就开始了他的石藏，但那时多的是矿物标本，因为他那时为地质局区调队的领导，偏重于科研。近三十年过去了，当年的藏石大多已被淘汰，唯这块燧石还一直珍存着。俗话说，磨棍靠在孔夫子家门后，三年都有了学问。燧石如果能记录，亲历了三十年的奇石王国的从无到有，该可以写就长长的一部小说。

我这么对李饶说着的时候，李饶说："它真的有了灵性呢！一般石头的纹理不泼水不显，这石头后来发现，天晴时线条还罢了，天一阴，线条鲜亮得如才画上的。"

天晴天阴时两次去观看，果然如是。

印花布石

石是黑石，花是白花；石在朴素中见绚丽，花在无序中求均匀。

一九九五年秋，有河南人运来一批这样的石头，求李饶推销，河南是产牡丹的地方，但石头通体有牡丹花纹，使李饶也惊奇。遂招呼石友来购，没有不乘兴而来，得意而归的。石头是一钱不值，千金难买之物，世上百人百性，千人千命，有有钱爱石的，有爱石无钱的，李饶就买下剩余的一堆，连夜分送那些爱石而一时囊涩之友。

某人就幸得所赠一石，形如巨大馒头，满满当当盛于一浅底窄沿大白瓷盘，放置厅中几案上。家有客来，先一日是位教授，问：这顶毡帽在哪儿买的？三日后，一老太太来，说：你家还有印花土布啊！伸手去抓布，抓不起，才知道错了，锐声尖叫世上还有这种石头?！

入冬，一日同李饶乘车进城，李饶忽叫："石头！"看时，车窗外一女人身穿印花布大棉袄行走，缩着头，咕咕涌涌的，猛想起他家此石，不觉哑然失笑：人穿印花布，石也穿印花布，或许，李饶不在，这石头就悄悄进城逛街了？

风砺石

　　如果眯上眼睛，定定地盯着这块石头，你感觉里这石头就会迅速扩大，是一座很大很大的山了。那么，你便看见这山上一堆一群地蠕动着羊群，这场景在过去或许已经见得多了，你曾惊叹羊怎么能爬得那么高，又怎么一天到黑都专注着在吃，它活着的全部意义和行为都是在吃吗？你或许在一角崖石下，曾经访问了牧羊的人，他面目粗糙，言语浓重，一边喝着酒一边与你说话，旁边是声如巨豹的狗。夜幕下来，牧羊的人与狗撵着羊下山去了，天上的云是那么冷，你看见了那亮亮的七斗星，你也恍惚了，不知今夕是何年……思绪飞翔而去了，你再睁开眼来，你面对的仅仅仍是一块石头，这石头叫风砺石。

　　我可告诉你，它得之于新疆的哈密，那是个著名的百里风区，一年四季地刮着，说风如刀，一点都不假的。这刀就雕琢着万物，自然也就有这块石的模样了。戈壁滩上常常会长一些草和稀罕的树，树和草都是弯的，当然是风的作用，那么这块石头一定是不动方位地呆了千万年间，它也整个地弯了，能看出斜斜的石筋，想见它原本很大，在风里如水里洗面团，洗到最后就是面筋了。

　　由此，你又会作想起什么呢？

冰花石

从窗子望出去，天是黑了，黑冷黑冷的，屋里微微的光亮里，只显出结在玻璃上的冰花，而玻璃似乎已不存在，与夜是一个色了。

冬天的夜晚，在北方的乡下，我们常常会看到这样的窗口。但这只是一个窗口，而那屋里的人呢？

人或许已坐在了土炕前的火塘边，火映照着他的脸，脸如古铜一样地深红。这汉子是将几张狼皮，还有一捆柴胡，拿到几十里外的镇上去出售了的吧，带回了盐巴、布料、搪瓷盆和糖果。孩子们已为归来的爹端来了温脚水，女人也将酒壶煨在那里。汉子卸了帽子往下挠，脱了袜子往上挠，松了腰带左右挠，开始讲着镇上的情景：×××的铁匠铺又开张了，商场的摊位多了几倍，什么样的衣服、头巾都有，×××的儿子今日迎亲，陪嫁里还有一台电视，镇南头的酒楼，坐门口吆喝客的是新换的妞，那妞的眉眼……女人在汉子的腰里拧一把，汉子一趔身，叼在嘴里的烟卷蹭在柱子上，溅下一串火星，烫得卧在柱下的狗噢的一声起来走了。

有这一团火的温暖，冬天的冷，夜晚的黑就能挨过去了。

蛇绿石

　　高二十公分，长二十七公分，造型完整，颜色豆绿，细腻光滑，别具一格，为藏石中的极品。

　　原石产于青海祁连山超基性岩裂隙中，经过地质作用，原岩崩塌，被山谷水流的冲刷、滚磨，成为河卵石。

　　一九九四年，李饶出差到西宁，帮一家公司去采购格尔木白玉，白玉没有买成，却在玉石加工厂的仓库见到此石。此石被随便地丢在屋角，是加工厂去千里之外拉玉石原料时有人顺手在山谷水流中捡的。

　　该石有幸从祁连山下到了西宁，该石也不幸与玉石同一仓库。它的价值绝对高出玉石十倍百倍，但它不能做戒面和项坠，它只好被遗弃了。大音希声，大巧若拙，大才无用，世人多是眼窝小，哪里会识得呢？

塔　石

三角形的石头我们见过，三角而又是圆锥体的石头却少见；黑色石头上有白的纹线我们见过，黑色石头上有几十条排列有序的白的纹线却少见：当李饶拿出这块下大上小，黑底白纹，层层递进的一座塔形的石头来，我们皆因太是少见而多怪了。

李饶说，这属变质岩。距今十亿年前的前寒武纪地层，绝大部分由变质岩组成。它是由于岩浆结晶晚期析出的大量挥发粉和热液，通过交代作用，使接触附近的侵入岩和围岩，在岩性和化学成分上发生变化而变质的。

我们当然不甚懂地质方面的知识，变质岩纵然有那么多生成的原因和过程，怎么就偏偏要生出这么个塔来？

世上人造的塔多了，这是座什么塔？佛塔为七级，它竟几十层，李靖托有天塔，天塔却并不是这黑白颜色啊。塔与"宝"字相连，大雁塔里藏经，法门寺塔内有舍利子，这塔里又有什么宝？塔又与"镇"字有关，除寺院里修造外，天下的河岸上大多有塔，塔镇水妖，这塔能镇了什么？

李饶说，我没你们那些怪兮兮的念头，这塔在我家放在几案上，只是每每情绪浮躁时，面塔而坐，一分钟后，什么都平和安静了，甚或遗忘自身，一时不知了塔是我还是我是塔，我也不知这塔是什么塔，我只叫它是心塔。

灵璧石

灵璧石产于安徽省灵璧县北七十里的磬云山，是一种比较古老的岩石，形成于约八亿年前的震旦纪。

灵璧石又名磬石，声绝是其最大的特点，也因此区别于其他石类。史书记载，商代即能把灵璧石制成乐器名为磬，以供大型礼仪活动中演奏。

此石重八十余斤，呈墨色，质如墨玉，从不同角度看是不同形象，似水中鸳，似望月牛，似飞天或麒麟。在不同部位轻轻叩击，有铜钟混响之音，有皇铁交鸣之响，清浊粗细缓急脆沉，声各大异，人誉八音石。

李饶家收藏灵璧石数件，曾送我一件小的，置于窗台，夜半风起，便有音鸣。那年路过四川剑门关一山梁，见一石碑，记载"安史之乱"后唐明皇失去杨贵妃逃难在此，夜里忽闻"三郎，三郎"，声声是玉环之声，急起巡看，未见人影，方知窗外塔上风铃摇动，不觉泪飞如雨。唐明皇闻铃而泪，是个多情皇帝，我听石鸣，夜不能寐，又是哪般心思？

燕子石

　　家藏一块泰山的石头，就有对什么都"敢当"的自信，何况有这么大一块三叶虫群化石！三叶虫化石民间称燕子石、蝙蝠石；如此多的燕子或蝙蝠飞来，该是什么样的人家呢?！

　　一般的燕子石，都是泥沙质，水一泡就分散了，这一块呈赭黑色，且有油光，就凝重典雅了。玩石头，玩的是石上的纹理色彩图案，玩的是古生物的化石形象，更玩的是一块石头的整体形态和质感，如淳朴、厚拙、凝重、雄伟、圆浑、沉穆、玲珑等——这一块石头，似乎什么都有了。

　　听说有一位官人，官很大的，向人索要了一方酷似桃的石头，见了这块，爱惜不已，后托秘书来索要，说有禄有寿只缺福了。李饶虽是不悦，但还是让秘书拿去。过了三日，秘书却送石回来，说官人夜梦石头有声："我要回去！我要回去！"疑心此石不祥，不敢要了。嘻，石岂能语，但人生怎会福禄寿齐全?

菊花石

回眸一笑百媚生，

六宫粉黛无颜色。

这是古人描写杨贵妃的。世上菊花石多多，但此石一出，竟天下无双。

我们先看其石形，高三十一公分，上宽十八公分，下宽八公分，光洁滑腻，墨黑纯正，通体无纹无裂，如果菊作雕饰，这便是活脱脱的八大笔下的古瓶。瓶要的是丑中之美，拙中之巧，而瓶在，八大呢？面瓶盘坐，对酒当歌，腹中有八斗之才，胸中有万千块垒，一时不知你是八大还是八大是你。那么再来赏花吧，从冬赏到夏，它夏凉彻骨；从夏赏到冬，它冬温暖体，九朵嫩菊，色若堆雪，三条枝茎，肆意张扬，你要看到花里去，做一只蝴蝶，做一只蜜蜂，但终于认清这花是无香的，它的花蕊由小的燧石组成，它的花瓣是方解石晶体的放射状，而你的口鼻之气这时候已经哈上了石面，成一团雾，这雾遂之又为珠了。天地间有这等妙物，若八大还在，孤寂的灵魂总会有个安妥处吧？噫，这石头不出于古时，显现于今，将八大的古瓶和绚丽之菊如此完美结合，这神灵要教导我们什么呢？

太湖石

安徽灵璧石，广东英石，南京雨花石，江苏太湖石，为我国古代四大玩石系。太湖石多为灰色，属于石灰岩质，因长期经受波浪的冲击以及含有二氧化碳的水的溶蚀，在漫长的岁月里，逐步形成瘦、皱、漏、透的石形。这方太湖石，质地细润，色白如骨，上大下小，孔穴相映，酷似冬日之夜，玉树临风。为奇中奇之石，精中精之品。

贵州石友刘秀成先生赠于一九九五年夏天。

葡萄状钟乳石

　　水下结晶的方解石集合体，形成于积水的洞穴洼处或积水的流石坝内。外形像葡萄，故定名葡萄状钟乳石。

　　这一嘟噜钟乳石的葡萄，远看泛绿，近看淡黄，是成熟期的仙物。

　　李饶说，这块奇石是想来的。一九九〇年入夏的一日，他在昆明逛自由市场，觅寻有没有卖石头和矿物标本的，天热口渴，心想有葡萄吃就好了，念头刚过，便见一个报摊处放着一些石头，他一眼就看中了这件，十五元钱买了。

　　抱了奇石往回走，人也不再渴，同行一块儿也有爱石头的，恨自己无缘，倒指责这奇石无藤无叶，颗粒大小不一。李饶笑道："你说得都对，还有一点你没说，你没吃上葡萄，葡萄还是酸的哩！"

五彩石

　　这一块石头质地细腻，色彩艳丽，无亏无损，叩之音润，是万件奇石之中不可一得的佳品，但这石头是命贱的石头。

　　说它命贱，首先是它为藻类植物造礁形成的，是草格。再是苦苦修炼了几个亿年后，被一山民收捡了，收捡在一竹筐的石头之中，整筐儿地卖给一家珠宝公司。珠宝公司的柜台上展示的是珠宝，它仍混在一堆里被放置在门后的墙角，数年无人理会。又是许多的岁月过去，整筐儿让李饶收买，买来了还放在居家的阳台上，一年半后，在清理时，才最后发现了。李饶曾悔恨过对它的慢怠，但也不无伤感地说：这是清高石。

　　如果女娲没有用石头去补天，天下的石头都会心安理得地待在地上，偏偏补了那么一些石头，所有的石头就都做起了上天的梦。或许别的石头不安分了一阵便沉寂下来，而这块石头却醉梦不醒，它竭力地打扮自己，满身都是如流云的形状和颜色，也由此高不得成，低不能就：做玉坠儿太大，裁地板太小，一般人赏玩吧，纹理又无具形，供案摆设吧，又没有个平面栽立。

　　它太清高，只有孤独。

七彩石

长三十八公分，宽二十公分，高十二公分，重十一点五公斤。全石集赤、橙、黄、绿、青、蓝、紫及七色的过渡色和综合色。韵律分明，富丽堂皇，大家气象。此石曾参加中国香港"世界珠宝精英博览会""九○亚运会奇石展""九二中国观赏石展"，观者莫不称奇，盛赞"色彩之王"。

遥想女娲炼石补天，不知如何遗下两块？曹雪芹见到那一块，写成了《红楼梦》，此一块中又该有一段什么样的旷世奇情呢？

南极石

　　一九九一年秋，代淑范女士来李饶家观赏石头，一边看一边问："老李，你有没有南极石？"李饶说："没有，那不好弄到。"代淑范说："我可以给搞一块。青岛市我姐夫单位参加南极考察队，采回来了几块上边长着草的石头，什么时候我回青岛给你要一块来！"时隔一年，代淑范女士赴青岛探亲，果真捎回来南极石。

　　南极石并不奇，却在于它得之不易，有重要的纪念意义。它的石质为灰岩，生成于什么时代，搞不清楚，石上有原始植物，是什么植物，也不可得知。

战　马

　　真疑心这匹马是从唐代的战场上跑来的，它的体态、神情、披挂，与昭陵六骏竟然一致！此马的威风并不在于束紧的马尾，耸跃的头缨，也不在于浑圆的膘肌，强健的胯腿，它静立着，是那样地安详和沉默。这是从战场上鏖战归来的安详，是充满了自信力的沉默。所谓的大唐之风，王者之象，一匹马足以代表那个时代的精神了。

　　古人好马，张扬的是一种奔腾之势，今人喜牛，奉行的是忍辱负重，这令人多少浩叹，也多少令人无可奈何啊。

悬　剑

　　越王勾践在励志图新的时候，居室的梁上是悬一把剑的。剑能削金，剑能饮血，剑在静夜时作嘶鸣。而今剑在，人却没有。人在石外，或许去钓鱼了，钓鱼又不在江河，在养鱼塘边一拉一条。或许一簇一伙往茶庐去饮，旁有美目者也有能言巧舌的才女。或许人还在屋，一边玩麻将，一边谈论着新近的民谣，说：上口，上口。

　　风还没有起，谁家的小女又唱流行曲了，软软弱弱地想瞌睡。

　　与剑同在的梁上家鼠，已闻惯了梁下人的吸烟呛味，上了瘾，人可能开始养生，禁了烟，鼠的瘾却犯了，叽地从梁上掉下来。剑晃了晃，但剑还不至于掉下来的。

海　龟

此物原属淄博一石友，一九九三年转让于李饶。

龟为灵，静寂沿古，此石质、色、纹、形、态俱佳。李饶藏有数个龟的化石，大者竟盆大，但皆没有此石更像龟——正如卓别林参加扮演卓别林比赛的演出未得奖也。正因此，龟首张扬，似笑傲江湖。

红毛龟

龟为灵物，最能长寂；此龟岁在亿年，默默地在洞穴深处生长。一九九五年出世，立即震惊藏石界，拥为妙品。

它的奇怪在于方解石晶簇细长密集，无一破损，且颜色彤红，整体硕大呈半椭圆酷似龟身，一角伸出若龟头，恰表现了爬动之势。

此龟以数千元在云南买得，李饶一生不置家产，省吃俭用，积蓄的钱全部用作了石费。先见了这龟，爱不释手，但因囊里羞涩未能得手，返回西安，又后悔不已，连夜拨电话通知卖方不要售之他人，即四处筹款，到处拉账，凑齐款额邮去，红毛龟方再次得到。李饶为藏石耗尽了心血，也耗尽了钱财，虽然家里堆满了石头，连门外、过道都是，仍是见奇石就爱，爱而就收就买。钱多了，钱也不属于了自己，何况石头？但李饶满足的是收藏的过程，以藏石为法门体验人生，享受人生。百年之后，奇石落于谁处，那则不是他要考虑的了。

无盾龟

这只无盾龟的化石，体圆而扁，长三十公分，背甲保存极其完好，椎板窄凸，肋板长条，纹理清晰，具有很高的科研和观赏价值。

李饶藏石展的留言簿上，对此龟有各种各样的议论。现摘录几条：

——无盾龟属爬行动物类的龟鳖目，严格地说，它不属龟而应属鳖。

——千年的王八万年的龟，这龟这么大，它长寿的秘诀是什么？

——一场天崩地裂，可怜这龟坏了长隐而大显了。

——这龟要是活着，该制出多少"鳖精口服液"啊！

——能做一桌好菜哩。

——这龟儿子！

龟背石

一般人见到此石都以为这是龟化石，其实仅是像龟背的石头。在古代的湖泊中，湖水因天旱或其他原因，地面形成恰似龟背的裂纹。而后因雨多，积水已恢复到原状，由新的雨水带来的泥沙充填了裂纹，继续沉积，经过年长日久的高温高压变为岩石，又经过地质作用露出地表。

古人以龟背之纹占卜问卦，此石不能烧烤，其规律的裂纹布置，与当今的罗盘结构毫无二致。天地神秘，上苍将他的罗盘遗给人间，人却神秘于这罗盘，人的日子只有苍茫而来，无序而去了。

鳖晒盖

此鳖年老，老得一身古铜色，也正是午时三刻，太阳很好，从阴水洞里爬出来晒盖。好的东西都要经见太阳，经见了太阳才会成宝，麝晒肚脐眼就有了麝香，鳖盖一晒，便可以入药典了。但有太阳的外面世界很精彩，也很无奈，这老鳖小心翼翼地往一块巨石上爬，它知道爬得不好，就要跌下去，跌下沙滩，四脚朝天，那是不会有谁来给翻身的；正当它为自己爬上石头而得意的时候，却被李饶发现了。

泾河里少了一只鳖，人间多了一奇石。

观鱼乐

先来看这大胆的构图：人物以细线构出，置于画的顶端，而画面的三分之二是池水，和池水中的两尾鱼。无草木岩石遮掩，将三维空间简单到一张平面图上，这使西洋画家不敢想，也使中国的画家想不出的高妙。

再欣赏图画的内容吧：人物趴在那里目不转睛瞧着鱼，鱼旁若无人地恣意自由。一个沉重的声音就在我们心头响过：鱼多乐啊！

但愿，能观鱼乐者，也是乐人也。

虎回首

质是石英质，色是红棕色，光是沙漠漆的光，这只虎就出现在内蒙古的戈壁滩上。虎依山而威，在无山无树的戈壁滩上，面对着身后一群猎犬的狂吠，虎回首一望，孤独而无奈。

虎原本是孤独的，孤独源自它的强大，强大又使它并不关注那些小节细末，于是寓言里的狐有了驾其威的行为，猫也装其模样，取宠人类。

看着这戈壁虎，遂想起孔子，孔子周游列国，处处碰壁，惨若"丧家之狗"，他去问老子，老子说："……君子得其时则驾，不得其时则蓬累而行。"

或许，这虎走千里戈壁，是它的"蓬累而行"啊！

猛虎下山

　　系"洛河石"，石质为古代火山喷发后期形成的玄武岩，黄色部分为充填的石英脉，又经过河流年长日久的搬运冲刷，显出虎下山岗的图案来。

　　洛河是中国著名的河，发生过美丽的洛神的故事，石头多质地细腻，造型奇特，色彩艳丽，纹理象形。这一只虎在玄武岩石上，玄武岩的黑色已经显示着天近傍晚了，或者已到了子夜，万籁俱静，唯冷月高照。虎，可贵的是黄皮虎，安详地步下山了。虎的王者风度，在于并不猥琐和机警，强大使得自信几乎变成了一种慵懒。但是百兽都知道这一切意味着什么。

　　当我坐在这只虎前的时候，家里的小猫不知何时也坐在了身边，我说："瞧，虎！"猫说："喵！"猫并不觉得那是虎，以为是同类。这就是猫。有其形而无其神，猫并不是虎的儿孙，它充其量是虎的影子，如舞台上的官终不是现实中的官，猫只能看守门户和献媚。

飞

世上有食欲、性欲，虽没有"飞欲"一词，但每一个人都有想飞的欲望。常常听青年人议论某个"心沉"，也听到老年人说"腿重"；没有翅膀，又心沉腿重，就看天空，一片空白，云和鸟是那样自由，那样畅美。

所以，当李饶见到这块雅丹石时，他首先是以飞欲的价值来收藏的，我们欣赏它，可以看作是鸽子，是鹰，是流云，也都是飞的姿态，即使看什么都不是，而那造型，也够称作"飞来峰"的吧。

石高三十公分，宽二十二公分，色泽棕红。一九九二年新疆张参所赠。张参是从内地去边疆的，初见李饶，说起家乡与故人，热泪涌面。

飞　雁

　　有洋人讲，人分两类，一类是有诗意的，一类没有诗意。此石被命名"飞雁"，就令一部分观者击掌叫绝，说如此大胆处理雁的造型，人工难能，而变形抽象又能准确表达雁的神情的，尤其在头部，一头价值千金。另一部分观者却嗤之以鼻，说李饶的藏石奇而怪，名字却牵强附会，什么"大雁飞过菊花插满头"，怎么不说是个黄瓜，是茄子，或者简单到一个"一"字！

　　那天，李饶给我提起这两种意见，屋里正好来了两位客人，一个成年，一个少年，两人在那里说话。成年的说："你说这只苍蝇是男是女？"少年的说："不知道。"成年的说："你瞧它往哪儿落，若落在镜子上，就是女的了。"我对李饶说："仁者见仁，智者见智，它可以是飞雁，也可以黄瓜茄子，其实它什么都不是，它就是个石头！"

北极熊

此石之好，有四：

一、北极熊的形象逼真。图案石讲究图案一目了然，含混不清为下品，硬指点着，旁人还是看不出什么者，则不能藏也。

二、黑白两色比差大。图案石多为颜色不鲜，捡时需以水泼之。陈列时要用沸水煮，煮烫捞出，涂抹蜡汁，方能长久清晰。若天然的色调明显，则更能保持石的本色。

三、石质粗而硬，与熊的形象统一。若此石是光洁细腻之质，熊的环境就不配了，反之，此图不是熊，是花草或飞禽，又难以有现在的效果了。

四、石的下端，有隐约的泛白泛红色，粗看以为破坏画石，细观之则是熊的倒影，便激活我们的想象力，知道熊是行走在一泓水前的。于是更可作想，石黑为水黑，水黑是林深之故，此熊正在森林深幽处。

去山上或河边捡石，最满意的是能捡到这类有白色纹的，又奇怪这些白色纹如浮雕一样。这是因为在某种岩质的石头形成时，充填或浸入了石英。这种石头一般粗糙，在陕西，秦岭南北坡沟多见。

熊　猫

　　只要你脑子里能想到什么，世上必然就会发生什么，世上有什么东西，石头里就会有什么东西。

　　李饶说：你信不？

　　我说：信。

　　他就让我瞧这只熊猫。熊猫在坐着，侧看是警觉地注视远方的熊猫，正看又是垂首凝神的熊猫，有点像毕加索的画。或许，一个为母，一个为子。或许是它的态度变幻——但不管它是在做什么，终脱不掉一副憨相，令人爱惜不已了。

　　熊猫是国宝，当然这块石头也不是一般石质，它是玛瑙的，而且黄色。

红　熊

当我们被痛苦和烦恼纠缠着，普遍都活得累的时候，常常羡慕低级动物的自在，殊不知低级动物有与人一样的生死病老的经历，且有比人更多的一种惊慌。野羊的警觉，兔子的逃窜，狐狸的诡诈，这些小动物永远难以安静，即使虎豹，耳朵都尖耸着生，睡姿也半卧着，不敢仰面朝天。这只熊现在正在惊慌中，彻底地被对方的威胁镇住，进也不是，退也不是，只好死死地盯着对方，大声嘶叫，虚张声势。

那么，熊遭遇了什么危险，对面而站的是虎还是豹，或者就是人，也或者只是它自己的影子。

此石为红珊瑚，购于青岛。

风中牛

在口（关）内，风是以竹显形的，在新疆的哈密，风是以石显形的。这方石头原本该是多么硕大，硬是被风一点点蚀成这样。如果是雕塑，罗丹说过，雕塑就是琢去多余的部分，那么，这头牛就出现了。当然，还可以这么设想，这头牛一直要往西去的，风阻止着它，它还是往前走，走了千年万年了，它已经累得倒卧在那里，但脖子还是梗着，头颅往前伸长。这牛有夸父的灵魂。

母　鸡

　　此石像鸡，像在鸡头鸡嘴鸡眼鸡脖鸡肚和鸡尾，且硅质灰色，石面纵横裂纹如皱羽，更妙的是缩脖敛尾，乍卧未卧，一副惊喜、紧张，又小心翼翼的神态。谁见了都不敢咋呼，因为鸡正在产第一颗蛋哩。

　　鸡是一位老工人送李饶的。

　　李饶原在地质局十三地质队当过党委书记，后又到地质局任副局长，已经从副局长的位上退下来数年了，再回二十多年前工作过的十三地质队去，他要去看望当年一些老同志，老工人彭成龙一见就亲热得取烟泡茶，又须起火煮了荷包蛋让吃。正吃着，便说："李书记，我知道还能见着你的，我还给你捡着一块石头哩！"在家门口的柴火堆里扒了很久，扒出这块石鸡，还说："不知你看得上不，看不上了我以后再给你找。"李饶万分激动，说："吃了你两个荷包蛋，还要抱走你的一只鸡！"老工人说："这是母鸡，你瞧，还正在下蛋哩，以后你天天有蛋吃！"李饶回到西安，老伴每天早晨为他煮一碗牛奶、一只鸡蛋，他吃的时候，总觉得这蛋是石鸡产的。

卧　鸡

这块灵璧石，依在前侧看是卧牛，依右前侧看是卧鸡，正面看又是卧着的骆驼了。于是，可以想到茂陵的那个卧虎了。卧着的好！真正的虎是慵懒的，平日里总是安然卧着，只有扑食之瞬间才显示王者的威猛。鸡是急急躁躁的小家，它老是大惊小怪，老是抢着吃，即使站在粮堆上也要抢着吃。但是，鸡随着人类，它有人的德行，我们还是亲近它，宁肯认这石头是卧鸡。

鸡卧着，就是在生蛋或孵卵了。任何动物产蛋的目的都为了遗传后代，鸡蛋却为了人吃。养狗是要喂养的，再喂着也不下蛋，鸡可以不喂养，却也下蛋，它就是下蛋的品种。鸡就是这么可怜，它是动物中的贱物。

现在城镇里有许多现代化的鸡场了，成群成群地饲着，而农村，一般的人家，仍是养那么一只三只的，清晨只要打开鸡圈门，晚上记着关门就行了，鸡自己跑着吃食，一半是能消化的东西，一半是不能消化的石头，但它不会飞掉，也跑不出院落村巷，而且大惊小怪地叫，显得欢乐。

信　鸽

　　说这方灵璧石是只信鸽，任何人都没有非议，甚至认为比真的信鸽还要像信鸽。这样的效果，就是艺术的效果。原本鸽是白色的，长着羽毛，白里渗上了淡红，使白色更纯，而且鲜活，没有羽毛，反倒全有了羽毛的感觉。艺术的真实建立在抽象上，镜中之花，水中之月，激活的是观赏者的想象力。

　　那一天，在李饶的藏石展馆，由前来观赏者评选一件佳石去参加一次更重要的石展，推选信鸽的人很多，但两个人却在那里争吵起来。一个坚持选信鸽，认为全世界公认鸽子是和平鸟，它高贵、洁白，能代表我们的趣味和追求。一个却说这鸽子翅在哪里，爪在哪里，羽毛全烫拔了，是清蒸过的，清蒸不到火候，肉带肉丝。

　　评选结束后，人群散去，我撵上那两个人，问他们的所在单位和职业。一个是×××部门的负责人，一个在一家小饭馆做厨师，月薪四百元。

袖　狗

那年拜会一位画家，见案上有一极小的猴研墨，研完了，一跌跌到画家的怀里，画家咳嗽，它便张了嘴，画家一口痰唾出来，逮住吃了又跌到画家的肩上。画家说这猴叫墨猴。

今夏一日，去李饶家闲坐，李饶正在阳台上拿一石对着太阳耀，石头颇小，淡白光洁，耀过之后，又是贴在脸上蹭，又是对嘴哈气，见了我，把汗衫领口一拉，石头就丢了进去。我问又得什么石头了，这般亲热？李饶拽开塞在裤子里的汗衫，掏出那石让我瞧，说是袖狗。

真是个袖狗，大脑袋，小鼻子，肥肥短短的腿。

狗现在是宠物，但真狗要喂食，要排泄，狗屁又臭，这风砺石袖狗质地硬，抛光好，色彩绚丽，难怪李饶喜欢它。

这狗现在卧在藏石柜的顶端，李饶出门后，它是看管那些奇石上的飞禽走兽，以防它们离石而去，李饶回家了，就捧在掌中嬉玩。李饶给它起了名，叫暖雪。

山　羊

　　在李饶收集奇石的经验中，常常是得一便可获二，尤其那些纹理石。那年捡到一只"奔牛"，不久即又捡到一只"卧牛"，捡到了"日上船出海"，就又捡到"月下僧敲门"。一九八九年在泾河滩猎一"绵羊"石后，心想：还会有一"山羊"来的，但处处留心，却无踪影，自己也看着"绵羊"发呆，耳里似乎是一声声的"咩咩"叫。到了一九九〇年，随同老干处组织的参观旅游团往西双版纳，一路每到一处，首先就寻找奇石异矿，但毫无收获。从昆明到西双版纳，乘车三天，下午四时赶到，住在了靠近澜沧江岸的一个地质队分队部，心里总慌慌的。夜里睡下，又觉得耳里似有"咩咩"之声，天未亮就起来，独自去江滩了。当捡到这块"山羊"，仰天长笑，说："我的羊跑到这儿来了！"

　　这只"羊"纯白如雪，应该叫涤尘儿，年纪不大，胡须却长，眼目细长，颇具狐相。它一定是自恃美丽，浪荡天下，才跑得这么远，忘记了这个世界上仍还有狼的。

蜗　牛

　　这方奇石的石质为现代蜂巢珊瑚，外形似半球状，配上根雕木座，便是个正在爬行的蜗牛了。

　　如人要穿鞋，画要装裱一样，收藏石头也得要座子。李饶的石座大多出于己手，他在外找来各种树根，拿回家来，以水浸泡，增强柔韧而不走形，剥去皮，置凉台阴干，防止裂炸。然后拣天阴而未雨之日，以斧、锯、刀、锉工具，随心所欲截取。截取的部位，久久观察，以形取意，刻凿成或方，或圆，或盆，或鼎，或几，或拳，皆又以势赋形。座子做成，多不着色，涂清漆即可。安置奇石，方正大型石可配盘座或几凳座，座包于石，以取稳重雄浑之势，也可不规则巨石配以小座求危临压迫之感。图案石或形状石宜有机搭配，以座的异木增补石的奇趣。座子最忌人为琐碎雕刻，短、矮、肥、憨、长、高、瘦、秀，一任天然相。

刺　猬

　　珊瑚是海生无脊椎动物，它在海里生活的时候，样子如水草一般，格低命贱。但它的遗骨一旦被海水抛弃上岸，却悦人娱目，它是以死亡而美丽的。

　　所以，当我们看到这件蜂巢珊瑚石，为它的刺猬造型叫好的时候，不妨在想：这个珊瑚为什么造型成刺猬而不是别的动物，如小白兔，或猫儿狗儿？

　　珊瑚的用意在于：我不被人理会地丑陋活着，不如美丽死去，这其中有我多少辛酸和悲痛！

　　于是，再一次看这刺猬，美丽扎疼我们的心。

水晶鱼

鱼为游鱼，肥；色是白色，纯白。得石的那几日，李饶将此石置于玻璃水缸里，家养的猫蹲在那里馋着看，后来摆设案上，夜间射灯一照，满屋闪闪银光。

这样的一条鱼，实际上是钟乳状的石英而已。它产于陕西柞水县一个萤石矿内。成因是富含二氧化硅的热液，在萤石矿脉的空隙中，在一定的物理化学条件下结晶，形成细小的石英晶粒集合体（或称晶簇）。

民间有以鱼为"余"的习惯，此鱼的照片屡屡在报刊上印出，就有人寻李饶求购，自称家无藏石，却腰缠万贯，只唯取个吉意。李饶一般不出售珍藏奇石，要售须是爱石知石又是家居不远之人。爱石者他自会珍惜，知石者他能欣赏，家居较近者是李饶每每想再看看了可以前去探望。所以，李饶没有应允那位款爷，每日清晨他却取鱼于窗前凝望，认作是活鱼在游，由鱼游之乐而乐己自在之心，享人间清福。

晶中晶

　　一个水晶晶体中又有一个形态相同的晶体，地质学上可以称为有"幻影"效应的水晶晶体，我们只要观赏，便叫它晶中晶。

　　晶中晶的形成可能分作两个阶段，即第一阶段生成水晶晶体的过程中，突然改变了生成晶体的环境条件，就有一段时间停顿，一些绿色的色素依附在晶体的表面上。而后，又恢复了原来生成水晶的环境，它又继续生成，才完成了现在的模样。

　　如果这样的推断合理，这却是千载难逢的机会啊！

　　此晶体采集于商州洛南县，为郭华、崔建宁一九九二年所赠。

水胆水晶

　　水晶并没有水，但这水晶中是有水的，你只要用手上下左右摇动，就可清楚地看到八个至十个水泡出现。这真是罕见的奇石！李饶称它为水胆水晶，此物有胆，胆能看着，这多么可爱。

　　从李饶家观石回来，夜里便做一梦，正睡着，有人推门进来，白衣白裤，足风标，多态度。问你是谁？回答：我是你友！我有些惊疑，以为遇狐仙鬼妹，看她时，却看得清她身后桌上的瓷瓶，且地板上铺就的地砖也在她身上显出方格来。我便认她是玻璃人，我喜欢这玻璃人，一切都给我透明着，但玻璃太脆——我说——我这破屋风多雨多，你会粉碎的。那妙人却坐下来，微笑着，是那样天真无邪地一笑，让我看她的胆，说："我胆大包水！"

　　梦醒，我想是水胆水晶石给我托梦，于是觉得这石头有魂灵，前世可能是一女子之身。

蓝刚玉单晶体

这是一件结晶完好并带有围岩的蓝刚玉矿物标本，虽然整体上没有更多的观赏性，但作为藏石家，却是收藏的一个新的品种。

刚玉是由富含 Al_2O_3 而贫含 SiO_2 的岩浆熔融体中结晶而出，为火成岩去硅作用的产物。三方晶系，晶体常呈腰鼓状。透明而含有微量铬呈红色者，称作红宝石，透明而含钛呈蓝色者，称作蓝宝石。其硬度为九，仅次于钻石，比重为 3.95—4.10。

我们在宝石店常见到各种宝石首饰，少见到宝石原石，而带有围岩的宝石原石就少而更少地见到。这块蓝刚玉嵌在岩石里，如一只蓝莹莹永不闭合的眼，我们一走近它，就从中看出了我们的小。

电气石单晶体

　　电气石是以含硼为特征的铝、钠、铁、镁、锂的环状结构硅酸盐矿物。常呈单晶，单晶为三方柱。柱石具纵纹，柱体横切面呈弧线三角形。电气石的宝石工艺名称为碧玺，历来是高档陈列、收藏品。

　　这几个单晶体为铁电气石，呈黑色，玻璃光泽，硬度 7.0—7.5，比重 3.03—3.25，因它具备了完美无缺的晶体形态，而得到较高的观赏价值。

宝塔型方解石连晶体

　　李饶收集奇石，有三个渠道。一是所到之处亲自采寻，这似乎成了一种"病"，如姑娘们逛时装店，刽子手看人砍人的脖子，他即使去的不是山坡、河滩，在村寨就瞄着田头石渠、屋角石基，在城镇就关心哪儿有搞基建运来的沙石堆。二是掏钱购买，只要有消息说，某地某人有奇石出售，他就立马赶去，坐飞机跑几千里的事也曾有过五六次。他并不是"大款"，但他会变卖家产去收购的，他多亏有一位同样爱石的老伴，避免了家里没有现代化设备引起的烦恼。三是他爱奇石成了奇人，他的亲戚、朋友、认识的和不认识的，凡有好的石头，乐于赠送他。

　　文人以文会友，李饶以石交友，他珍惜所得到的每一块奇石，永远怀念某一奇石的所得地和有所馈送的人，尤看重那些赠送者。当一九九一年八月，高级工程师薛租雷将其儿子在湖南野外捡到的这块宝塔型方解石连晶体赠送给他的时候，他激动得流下了眼泪，以至于后来一位日本人来出高价要购买这块奇石，他婉言谢绝了。

　　这一块石头为方解石连晶体，好异型。当然，六方晶系是晶形最为多样化矿物之一，但如此一层一层叠加起来如一座宝塔，却是罕见。塔是佛的象征，佛缘在此，李饶是该拥有这宝的。

萤石连晶体

　　萤石属晶型观赏石，为等轴晶系。单晶体多呈立方体，少数呈八面体及菱形十二面体。晶簇常见块状，颜色有紫、绿、褐色，玻璃光泽，性脆。这方萤石绿而透明，参加过无数次奇石展出，只要展室稍有光线，就在众多的展品中极显眼夺目，若在花中，是亮丽的月季，若在人中，则是美艳的少妇了。

铜胆矾集晶体

在李饶的集石历史上，此石是专门乘坐飞机去贵阳购回的。此石的价值在于历来的藏石家们未曾见到过。这些鲜蓝色的，有玻璃光泽的晶体，依附在钟乳石上，它的主要成分是铜，同时又含镁和锌，硬度 2.5，比重 3，是含铜硫化物的产物。

静观此石的尊容，如端坐的披了蓑衣的老翁，老翁背向而坐，似在江边，是水的色和岚的气凝结在身，还似在雪季独钓，雪落蓑衣，雪由白到青，由青到蓝？那么，钓竿呢？钓竿或许已遗丢江水，或许根本就不曾带了钓竿，醉翁之意不在酒，钓翁之意不在鱼，这老人是在悟道，悟了道的君子才有这般光彩，才有这般庄重威严又深藏盛德容貌若愚。

紫晶晶洞

　　水晶是结晶完好的透明石英，紫晶是水晶中的一个品种，晶洞是石英矿物结晶的主要环境和基地。水晶的纯洁，常常使我们相信其中隐藏有神灵，日本人特别喜欢将水晶球陈设家中，据说静心凝视，可以预言未来。紫晶是水晶中最受人喜爱的宝石品种，除它的颜色高雅外，我们的祖先还认为它可以促使人的互相谅解，保佑万事如意。有报载：罗马大教堂的主教佩戴的是紫晶戒指，典礼上盛酒的是紫晶高脚杯。

　　摆在我们面前的这件紫晶晶洞，产地巴西，是李饶以他物从一珠宝商手里交换而得。

　　晶洞高三十公分，宽四十公分，重十五公斤。虽仅仅是块石头，但日下或夜晚掌灯而观，洞口如神秘之穴，其内灿光迷丽，令人目眩头晕，恍惚人要缩小为蝇，不自觉被仙魔之境吸引。

熊猫灵璧石

当你看着这只熊猫的时候，熊猫也在看你。

你说：熊猫这家伙真憨，什么世纪了，还做林中隐士，家居那么高的山，山上的竹子由低往高越来越少，它就越住越高要做神仙吗？

熊猫说：人这东西好蠢哟，整日为了功利，去放肆，去纵欲，忙忙碌碌。现代文明造就的这一代人长着兔子般的脑袋，思想上就这么倦怠，道德上就这么怯懦?!

你说：瞧这熊猫多胖，吃竹子一贯吃那么多，喝水又要喝得走不动才罢休，那长得是什么肠胃呀？

熊猫说：人怎能不干瘦瘦的呢，人博览烹调艺术。屁，肠胃不好的才变着食品的色呀、形呀、味呀的。食文化的发展才导致了人的退化！

你说：嗬，熊猫这稀世之物！

熊猫说：唉，人呀人，真是乌合之众……

石　燕

　　它属腕足动物的一种，具有两瓣硬壳的单体海生底栖生物。产生距今三亿年左右的陕西汉中梁山二叠纪地层中的化观赏石。

　　对于石燕，古人有不少有趣的描述，东晋大画家顾恺之在《启蒙记》中写道："零陵郡有石燕，得风雨则飞如真燕。"北魏地理学家郦道元在《水经注》中写得更玄:（石燕山）"其山有石，绀而状燕，因以名山。其石或大或小，若母子焉。及其雷风相薄，则石燕群飞，颉颃如真燕矣！"其实，作为化石的石燕由矿物——方解石及纹石组成，是没有生命的。我们在药铺里见到过它，它已经成为一味药物，放在李饶家那么大的一堆，数年间，并未有丝毫动静。

石　花

　　色之最大者为花。人类爱花，神仙也爱花，但人间的花易谢，人就作想要神仙的花，于是到处觅寻，就有了石花。我想，这朵花一定是神仙的花，神仙是能点石成金的，当然也能指花为石的，这是神仙总不泄漏天机。

　　这石花李饶送给了女儿，因为女儿李亚红那年该出嫁了。

石　斧

这方奇石命名石斧，斧的弯度有，斧刃有，系木柄的绳沟有。虽是石斧，敲之有铜声，又呈深绿，如铜锈一般。

即使你不把它当斧看，那浑厚拙朴之态已经够可爱了。

石　鞋

传说中的脚印很多，比如桥山黄帝陵下黄帝的脚印，黄河龙门处大禹的脚印，山西运城关羽的脚印。这些脚印都踏在石头上，可石鞋却未见过。这一只鞋是在汉江滩上觅得，这是谁的鞋？为什么偏偏只有一只？

瞧鞋的模样，属于皂石起跟高勒类，该是古时用品，那么是新拜了将的韩信在追杀途中，敌兵逃散中仓皇所丢，还是哪一位秀才星夜赶考，挽腿涉过汉江了，上到此岸上，才发现一只鞋还遗在彼岸？可是，再瞧鞋的模样，鞋底似乎是胶底，这就不是古时鞋而是现代鞋了，那么，又是喜在河边恋爱的男女一时贪欢，只顾四条赤脚打溅河水，说不尽甜言蜜语，以致上游涨水，水到身边了才惊呼起跑，而一只鞋就永留下来？

人是不能丢鞋的，民间的说法，丢鞋如丢魂。那么，这只鞋的主人的魂还在哪里亡着？面对了这鞋，该千呼万唤：回来吧，回来吧——千里之途，始于足下，这鞋欲要出发。

秋　色

人越来越老，记忆就越嫩，沽一杯酒来独饮，往事的记忆就是下酒的菜，嚼之又嚼着出味了。凡是去过山林的，最忘不了那缠满藤萝的树干和树干上如钱的苔斑，忘不了那树上的白天，圆形的、三角的，或窄或阔，撕碎的纸片般的叶的繁乱，什么鸟在叫了，雾瘴如烟，脚下是松软的落叶——人到中年至老年，最宜于坐在这石前，似乎就在不远处，正坐着的是那一位陶潜。

镜中之花最终不是花，水中之月泼出而逝了，饱尝了秋色，从石前站起，人生依旧忙忙，累而烦的日子无序而来，苍茫而去，但我们毕竟是偷闲了一回，愉悦了一回，由此要谢一回石头了。

奇石是上帝赐给我们的风月宝鉴。只记一句话：我不识世，世却识我。

黄梅透雪香

　　好的是这块灵璧石为汉白玉，通体无瑕，色白如雪，而浮凸出来的脉筋结核则为黄，黄得纯正鲜活。整个儿是一幅雪山绽梅图。

　　雪使世界无尘，梅又足风标，多态度，这样的境界只有林妹妹去得。

　　一九九五年我出游西域，带回来两张狐皮，银狐的我叫它雪妃，雪狐的起名白姬，挂在屋中，特去借了李饶的这块石头供在案上一周。每日清晨，窗明几净，将古琴置于石前，并不弹的，只享受这屋里的清约独韵，自感灵性大增。

布老虎

在陕西的乡下，已经成了一种习俗，家有婴儿，奶奶便要缝制一个布老虎给孙子作玩具。玩具虎虎有生气，又憨态可掬；小儿与布老虎相处，既悦布的色彩，又得虎的魂魄。现在的城镇，布老虎成了一种辟邪物，旅游点销售，亲朋好友相赠。我们每每在商店、地摊，或一些人家的客厅里，见到形形色色的布老虎，不免要拿过来品头论足，说三道四。

那么，这一个怎么样？

难得的一身黄皮，又难得黑的斑纹和红的头毛，又那么肥肥胖胖而神态淘气顽皮！这是谁做的？

当我们要翻过它，在腹部寻找缝制的针脚时，才发现它竟是石头。

但我们还在问：这是谁玩的？

卧着的刺猬

这是一方矿物晶体观赏石，其体为方解石集晶，围绕一个基底呈放射状生长，又呈棕色，活像一只卧着的刺猬。

一九九五年的夏天奇热，陕西遭百年不遇大旱。一日，一朋友携其幼子去李饶家看石，藏石架上射灯一开，此刺猬光芒四射，灼人眼睛，那孩子指着说："太阳！"

孩子的话是对的。太阳何尝不是一只光的刺猬呢？它每日从东滚到西，蜇得满宇宙都生疼。人类之所以产生足球运动，就是做一个太阳状的球来踢，因为它又是刺猬变的，便不用手，只用穿着鞋的脚。

迭层山

李饶告诉我：从地质学讲，此石称迭层石，在十五亿年左右的震旦纪地层中的蓝绿藻群体中，由蓝绿藻群体分泌的黏液将碳酸盐碎屑物质粘结、变硬而成。

嘻，我不懂地质，我不管这些，我只每每读此山，便读出我是谁，读出山是谁。读出我者，我是上帝，看高山峻岭不过小小而已。读出山者，山是宋时那个画家范宽，他的所有画，也就是这类山。于是，我有了自信，可以怒视一切，当然也知道画是什么了。

悟空压在五指山

　　武松有着景阳冈打虎的历史，武松也有着披枷戴锁的记录，悟空大闹天宫的时候是何等威风，而压在五指山下了，却凄凄惨惨得如此恓惶！

　　英雄常常就落了难。

　　古人说：转毁为缘，默雷止谤。英雄之所以是英雄，在于能默能转。

　　一压八百年，这猴子，只是受着。

　　一般人以平安而为福，一般人也就以此福而平庸。

珍珠山

从地质学角度来说，这种石头，应定名为"珍珠砾岩"。形成的过程是早已形成的山石，经受年长日久的日晒、雨打、雷击而破裂，再经过江河的冲刷、搬运，破裂的岩石相互冲撞摩擦，变小变圆变光如珍珠大小，堆积一起，再经受温度压力的变化，使松散的砾石成为砾石岩层，然后又一次因地质的作用露出地表。

此石聚有数万珍珠，色呈黄、绿、白、蓝、黑、紫，夜里灯火照射，光烁灿烂，疑心一时收拢不住，哗啦啦大珠小珠地散开来。

一九九二年，李饶已退休三年，驻商州的第十三地质队聘他为该队经济开发高级顾问，当年夏天去山阳县检查水晶矿点。一日经过赵川，住一路边小店，店主的媳妇将一堆珍珠般的石子装进一个小袋缝制。李饶见石子晶莹可爱，问这是干什么？那媳妇说做枕头，枕上这石子解热降温治头疼。李饶就问这石子哪儿来的？那媳妇说爷庙里求来的。爷庙远四十里，庙名就叫珍珠洞。李饶便和数人绕道去珍珠洞，果然五十多米高的半山腰处有一山洞，洞口挂满了红布条。爬上去，洞小不足五十平方米，洞内有一小庙，并无神像，香火灰却厚厚一层，洞壁上到处是被敲凿取石的痕迹。从山下陪着上来的一个当地人讲，原本这里没洞的，硬是求药石的人多，求出这个洞了。可是，李饶一行找来找去，没有发现珍珠石。大家都很失望，已经步出洞要下山了，李饶还坐在小庙前不走。一人笑道："你就是给神磕个头，神也没法给你！"李饶却真的磕了一下头。没想头磕下去要抬起，竟发现庙的根基石中有两块珍珠石，高兴得一下子跳起来！但动手去掏那石时，大家害怕了，这里群众盖的神庙，听说灵验，敢不敢动呢？李饶说："我不磕头，这石头不可能发现，神是见我爱石心切，特把它给我的。"便站起整好衣领，恭恭敬敬行了一躬，方慢慢取出珍珠石，调换了别的石头再修好。

星　石

　　在李饶的所有藏石中，我最喜爱的就是这块，它没有具体地像这样那样的形状，也没有任何图案和纹理，它什么都不是，就只是石头。但这方石头顽到了极处，拙到了极处，它什么又都是了。

　　据说，这是星石。

　　它应该是星石，星石才配有大象无形的品格。

　　李饶讲述了此石的来历——

　　一九九四年七月，他装修房子，民工里有一个叫俞海的甘肃人，见到满屋的奇石，便说他爷爷的爷爷是清代的秀才，一生也是痴石，现在还保存着一个在家，传说是星石。他爷爷在世的时候，将石头供于中堂，每日上香的，爷爷下世后，石头仍放在已经八旬的奶奶卧室的供桌上。"什么时候我回去了，我给你捎来，咱交个朋友。"这忠厚朴实的农民说话算话，一个月后果真带了这件古玩来，自此，两人结为好友，俞海每到西安，必去李家，李家热情招待，不亦乐乎。

　　俞海的爷爷名双喜，双喜的爷爷叫什么，不可得知，五六代人藏此石，供此石，此石本是天外来物，又浸湮了漫长的人间烟火，此石当然这般有灵有性，又质朴厚重。

　　这是块可以读的石头。